누니 주얼리 이야기

.

누니 주얼리 이야기

1판 1쇄 인쇄 2022. 8. 22.
1판 1쇄 발행 2022. 9. 2.

지은이 손누니

발행인 고세규
편집 구예원 디자인 정윤수 마케팅 신일희 홍보 이혜진
발행처 김영사

등록 1979년 5월 17일 (제406-2003-036호)
주소 경기도 파주시 문발로 197(문발동) 우편번호 10881
전화 마케팅부 031)955-3100, 편집부 031)955-3200 | 팩스 031)955-3111

값은 뒤표지에 있습니다.
ISBN 978-89-349-4072-2 03810

홈페이지 www.gimmyoung.com   블로그 blog.naver.com/gybook
인스타그램 instagram.com/gimmyoung   이메일 bestbook@gimmyoung.com

좋은 독자가 좋은 책을 만듭니다.
김영사는 독자 여러분의 의견에 항상 귀 기울이고 있습니다.

손누니 지음

누니 주얼리 이야기

김영사

이야기를
시작하며

열아홉 살 나던 해, 록 밴드에 들어가 기타를 연주했다. 첫 무대에 서니 다리가 후들거렸다. 일렉트릭 기타를 잡은 지 고작 몇 달 뒤에 무대에 올랐던 터라 관객의 눈빛을 느끼는 순간 정신이 아득해졌다.

손가락으로 짚은 기타 줄의 첫 음이 스피커를 타고 크게 울리자 내 가슴도 쿵쾅거렸다. 마구 떠는 내 손을 내려다보며 이제 큰일 났다는 생각에 온몸이 휘청거렸다.

연습도 부족하고, 경험도 없는 가운데 무대에 덜컥 오른 게 문제였지만 이미 저지른 이상 아무것도 하지 않고서 내려갈 수는 없었다. 어설프긴 해도 있는 힘을 다해 연주를 끝냈다.

다음에 또 무대에 올랐다. 처음보다 덜 떨렸다. 이번에는 내 연주가 귀에 조금씩 들렸다. 기타 실력도 조금 더 늘었다.

철부지 시절에 했던 록 밴드의 경험으로 깨달은 것이 있다. 기타 연주 솜씨를 말하는 게 아니다. 무언가를 해내려면 그냥 부딪쳐봐야 한다는 것이다.

실력이 완벽해질 때까지 무대에 서지 않고 기다렸다면 어떻게 됐을까? 아마 나는 무대에 한 번도 서지 못했을 것이다.

3 ❊ 나를 믿고 나아가기

4 ❊ 찬찬히, 그러나 단단하게

5 ❊ 당신을 반짝이게 하는 순간

우연히 찾아온 만남은
나를 한 걸음 한 걸음 운명으로 이끌었다.

우연처럼, 운명처럼…

우연은 준비된 마음을 편든다

손은 모두 다르게 생겼다

반짝이는 손,
누니

손을 내려다본다. 엄지부터 소지까지, 나란히 있는 다섯 손가락은 길이와 굵기, 마디가 제각각이다. 서로 다른 손가락들이 모여 하나의 손이 된다. 손가락이 모두 달라야 손은 쓸모 있어진다.

　낯선 이를 만났을 때, 상대방의 손부터 보는 건 내 직업병이다. 그래서 나는 누군가의 첫인상을 손 모양으로 기억한다. 웨딩 밴드를 주로 만드는 주얼리 디자이너의 습관적 연상인지 모른다.

　'손짓'은 손이 짓는 표정이다. 손은 표현하고 싶어 한다. 하나씩 떠올려보자. 레오나르도 다빈치가 그린 〈구세주〉의 들어 올린 손은 경건하다. 오귀스트 로댕이 조각한 〈대성당〉의 감싸는 손은 간절하다. 국보 금동반가사유상의 뺨에 댄 손은 오묘하다. 그들의 손은 천금 같은 말씀을 머금은 침묵이라서 더욱 위대하다.

반지는 손 주인의 심정을 드러내는 장식이다. 손에 맞춤하게 자리를 잡았을 때, 반지는 비로소 빛난다. '맞춤'이란 어긋남이 없는 조화다. 사람마다 손가락이 달라도 손에 반지가 자연스럽게 어우러지고 불편하지 않아야 한다.

나는 어렸을 때 손이 부지런했다. 중학생 시절, 친구들이 지루한 수업 시간을 교과서 사이에 순정 만화책을 끼워놓고 읽으며 버텼다면, 나는 손으로 무언가를 만들면서 버텼다. 특별교육활동 시간에 배웠던 영향인지, 한지공예에 주로 몰두했다.

교과서 밑에 여러 무늬가 자잘하게 인쇄된 한지를 넣어 두고 아트 커터를 꺼내 수업 시간 틈틈이 무늬를 도려냈다. 그러다 보면 호랑이와 나비, 꽃 같은 다양한 형상이 드러났다. 각각의 선이 설정된 자리에 제대로 찾아가도록 정성을 쏟는 일은 흥미로웠다.

돌이켜보니 그것도 훈련의 과정이었다. 뒤엉킨 것에서 맥락 잡아내기, 미지의 상태에서 온전한 꼴 떠올리기, 아이디어가 내 손에 익숙하게 스며들 때까지 반복하기. 솜씨 좋은 목수는 들판에 선 나무만 봐도 대들보가 될지 의자가 될지 안다는데, 이때 내가 만난 나무들은 다루기 버거운 재목 같았다. 그저 원하는 모양이 될 때까지 손을 부지런히 움직여야만 했다.

초등학교 때는 지점토 만지작거리는 걸 좋아했으니 수작업을 즐긴 건 내 오랜 습성이라 하겠다. 지점토는 미술 시간에 자주 쓰니까 아이들에게 친근한 소재였지만, 나는 더 정교한 부분에 관심을 두었다.

예를 들어, 인형 만들기가 과제로 주어지면 인형의 전체적인 형태는 물론 디테일도 신경 쓰다 보니 인형 옷의 치맛자락 주름까지 주의를 기울이는 스타일이랄까. '마무리'란 끝을 결정하는 손놀림이다. 겹겹이 주름을 잡아 치맛단을 풍성하게 하고, 지점토용 칼로 끝단을 세밀하게 다듬은 뒤 물감으로 옷감에 패턴까지 그려 넣어야 마음이 놓였다.

만드는 걸 즐긴 아이는 작고 반짝이는 걸 유독 좋아했다. 오래된 사진첩에서 발견한 사진 속 대여섯 살쯤 돼 보이는 나는 손가락마다 반지를 끼고 환하게 웃고 있다. 막연하지만 '무엇인가를 만드는 사람'이 되는 걸 꿈꾼 건 그때부터였는지 모르겠다. 손끝을 열심히 움직이면 눈앞에 형체가 착착 갖춰지는 그 과정이 지루하지 않고 신기할 만큼 재미있다는 걸 안 그 순간 말이다.

그때는 구체적으로 공예가 혹은 주얼리 디자이너가 되겠다고 다짐한 것은 아니었지만, '만드는 사람'이 되겠다고 순수하게 마음먹은 것이 내 미래를 이끄는 데 영향을 미쳤다. 대학 전공은 금속공예과로 정했다. 빛바랜 사진 속에 선명히 기록된 것처럼 공예에 대한 애정은 당연하고 오래됐다.

대학 생활을 시작하며 이 애정은 다른 쪽으로 흘러갔다. 나를 홀린 상대는 다름 아닌 밴드부였다. 일렉트릭 기타에 푹 빠진 나는 대학 내내 학업보다 밴드 활동에 열중했다. 밴드부에 가입하자마자 "여자는 한 달도 못 버틸 것이 분명하다"라고 내뱉은 동기생의 말에 지고 싶지 않아 연습에 너욱 매진했다.

전공인 금속공예보다 음악에 열정을 더 쏟았던 이유에는 고등학교 내내 이어진 입시 미술이 지겨웠던 탓도 있었을 것이다. 시간과 정성을 아그리파, 줄리앙, 비너스 같은 석고상 데생에 쏟은 날들이 한심했다.

물론 미술학원을 오간 3년여 동안 또 다른 설렘이 있긴 했다. 학원 근처 지하상가에 음반 가게가 있었는데, 그곳에서 보낸 시간은 황홀했다. 나는 유투U2, 그린데이Green Day, 위저Weezer 등의 음반을 찾아 들었고, 가게 사장이 소개하는 여러 아티스트의 음악을 알아가는 것이 정말 재미있었다.

대학생 시절 음악을 향한 내 사랑은 꽤 저돌적이었다. 홍대 앞 클럽에서 청중을 앞에 두고 몇 차례 공연하기도 했다. 대학 축제에서 공연할 때는 이름만 대면 다 아는 대형 기획사 관계자가 우리 밴드를 찾아온 적도 있었다. 그룹을 준비 중인데 합류하겠냐는 제안을 받는 일까지 있었다. 겉멋 들었다는 소리가 듣기 싫어 거절하는 바람에 해프닝으로 끝나긴 했지만. 한마디로 '록 스피릿Rock Spirit'이 충만하던 시절이었다.

어린 날 아무것이나 닥치는 대로 만들기 위해 이런저런 도구를 늘 손에 쥐고 있었던 것처럼 20대 초반에 내 두 손은 언제나 일렉트릭 기타 위에 있었다. 흔히들 록을 '청춘의 음악'이라고 칭하던 시절이었고, 나는 그 분위기에 매료돼 연주와 작곡에 매달리며 치기 어린 삶을 살았다.

대학 시절이 끝나갈 때쯤 전공보다 록 음악이라는, 스스로 택한 부전공에 매달리며 좌충우돌하다 어학연수를 가기로 했다. 나는 아일랜드를 어학 연수지로 택했다. 행선지 역시 일렉트릭 기타가 가리킨 쪽이었다. 밴드 생활을 하며 다양한 음악을 섭하다가 아이리시 음악의 매력을 알게 됐고, 그 나라 음악을 더 가까이에서 듣고 싶다는 바람이 커졌다.

한국인이 주로 가는 더블린은 피했다. 상대적으로 저렴한 예산으로 영어를 배우고 싶다는 속셈이 더해져 아일랜드의 바닷가 도시 골웨이Galway로 정했다. 그렇게 갔던 골웨이가 내 인생의 목적지를 완전히 바꿔놓을 줄 그때는 알았을까. 골웨이는 운명처럼 내게 다가왔다.

골웨이에서 통한
코리안 라이브 주얼리

아무리 창대한 것도
미약한 것에서
시작된다

영어를 배우고 아일랜드 음악을 다양하게 접하겠다는 각오로 시작한 골웨이 생활에서 음악이 차지한 부분은 생각만큼 크지 않았다. 친구들과 어울리는 날이 훨씬 잦았다. 특히 어학원에서 이탈리아 친구들과 두터운 사이가 되면서 그들과 맛있는 요리를 나누며 즐거운 시간을 보냈다. 어학원에서 영어를 배우는 시간보다 일상에서 이탈리아어를 들으며 정담을 나누는 시간이 더 길었다. 그러던 중에 잠시 미뤄두었던 '공예'가 내 인생에 다시 등장했다.

미래에 대한 구체적인 계획을 세우지 못한 채 사회에 나가는 게 막막해 대학 졸업을 앞두고 어학연수를 결심했지만, 집안 형

편이 넉넉하지는 않았다. 그때 떠오른 게 내 손재주와 공예였다. 짧은 기간이지만 용돈벌이라도 해야겠다는 생각에 아일랜드로 출발하기 전 동대문 종합시장을 찾아 비즈공예 재료를 한 아름 샀다.

골웨이 중심가에서 버스킹을 하는 뮤지션 옆에 작은 공간을 마련하고 그곳에 그 재료들을 펼쳐놓았다. 자그마한 팻말에는 '코리안 라이브 주얼리Korean Live Jewelry'라는 손 글씨를 써넣었다. 즉흥으로 노래를 부르는 이들처럼 나 역시 손님을 직접 보고 즉석 주얼리를 만들어 판매하겠다는 생각에서 지은 이름이었다.

손으로 재빨리 엮어 만들기엔 귀고리가 제격이라 귀고리만 팔기로 했다. 몇 가지 샘플을 두고 손님이 그중 하나를 선택하면 원하는 원석과 함께 매치해 제작했다. 가끔은 선택을 온전히 내게 맡기는 손님도 있었다. 그럴 때는 눈동자 색깔이나 헤어스타일, 입고 있는 의상 등 내가 포착한 그 사람의 고유한 분위기를 고려해 '맞춤형' 귀고리를 제안했다.

골웨이는 자연 경관이 뛰어난데, 영화 〈해리포터〉 시리즈를 촬영해 더 유명해진 해안 절벽, 클리프 오브 모허Cliffs of Moher도 가까이 있다. 그래서 '유럽인의 휴양지'로 사랑받는 도시다.

아일랜드의 도시답게 골웨이 역시 비 내리고 바람 부는 궂은 날씨를 보인다. 묘하게도 관광객이 가장 많이 찾아오는 주말 중 하루는 약속이나 한 듯 맑게 갠다. 장사하기에 안성맞춤인 때다. 놀랍고 신기했던 건 내 즉석 귀고리가 꽤 인기가 있었다는 사실이다.

'클라다 링Claddagh Ring'이라고 하는 아일랜드 전통 공예 반지가 있는데 왕관을 쓴 심장을 양손이 감싸 쥔 문양을 하고 있다. 심장은 사랑을, 양손은 우정을, 왕관은 충성을 뜻해 약혼반지 혹은 결혼반지로 주로 쓰이고 때때로 우정반지로 활용된다.

이 반지는 골웨이 지역에 자리한 어촌 마을 클라다Claddagh에서 기원했다. 물론 클라다 링은 독특하고 아름답지만, 조금 과장해서 말하면 이곳에서 액세서리는 클라다 링 하나뿐이라고 해도 될 정도로 다른 주얼리 종류는 거의 없었다. 그런 분위기에서 모빌을 콘셉트로 한, 다소 과감한 디자인의 내 귀고리가 사랑받는 걸 보며 성취감을 맛볼 수 있었다.

처음 만난 이와 간단한 인사를 나누고, 그의 분위기에 어울릴 만한 형태와 색을 떠올려 그 자리에서 바로 귀고리를 만들어 파는 일은 전공과 거리를 두던 내게 신선한 자극이 됐다. 완성된 장신구를 사가며 흡족해하는 이들의 표정을 바라볼 때, 나의 기뿜은 그들이 지불한 돈보다 곱절이나 더 컸다.

순은에 원석을 사용했기에 2004년 당시 아일랜드 물가와 비교하면 결코 저렴하지 않던 가격(기성 제품은 8유로, 즉석 맞춤은 10유로 정도였다)에도 장사가 잘됐고, 생활비를 벌게 되면서 만족감은 더욱 커졌다. 무언가를 만들 때의 그 깊고 오래된 즐거움이 오랜만에 새록새록 되살아났다. 나의 익숙한 손놀림이 마치 기다렸다는 듯 금세 돌아온 것이다.

맑게 갠 날이라도 가끔 찬물을 끼얹는 일이 생긴다. '가다 Garda'라고 불리는 아일랜드 경찰 때문이었다. 아일랜드에서는 플리마켓이 활성화돼 있고, 여기서 장사를 하기 위해서는 회원 가입 절차가 필요했다. 길거리에 내 식으로 좌판을 벌여 물건을 파는 건 불법이었다.

동양인인 내가 불법체류자인지 학생인지를 따지던 경찰은 "정식 마켓을 이용하라"고 충고했다. 나는 그 충고를 귓등으로 흘렸다. 취업 비자가 없는 내가 플리마켓의 멤버가 되기는 어려웠다. 아일랜드 전역의 벼룩시장을 누비는 전문 판매자들처럼 장사하는 건 학생인 나로선 불가능했다. 다소 무모했던 길거리 장사는 순둥이 같던 경찰에게 결국 "다음에 또 걸리면 추방"이라는 경고를 듣고 나서야 끝이 났다.

남은 재료가 아까웠다. 생활비도 넉넉하지 않았기에 다른 방법을 찾아야 했다. 거리에서 장사를 할 수 없다면 다음 선택지는 상점에 입점하는 방법뿐이었다. 나는 골웨이 시내에 자리한 주얼리 숍 몇 군데를 무턱대고 찾아갔다. 다행히 그중 두 곳이 판매 금액의 절반을 나눠 갖는 조건으로 입점을 허락했다.

납품한 후 한 달에 한 번 정산하러 가던 길은 설렜다. 얼마나 많은 이가 내 귀고리를 구매했을지 궁금했다. 기대에 찬 걸음으로 찾아가 확인해보니 수수료를 뗀 수익금으로도 골웨이에서 너끈히 생활할 수 있었다. 내 손이 현지인의 안목을 잘 따라갔기 때문이 아니었을까.

아일랜드 골웨이에서 주얼리를 만들고 고객과 만난 경험은 나중에 누니 주얼리에 고마운 겨자씨가 돼주었다. 아무리 창대한 것도 미약한 것에서 시작되기 마련이다. 우연히 날아온 씨앗이 운명처럼 뿌리내린 순간이었다.

첫 다짐

부끄럽지 않은
디자인

아일랜드 골웨이에서 손 글씨로 '코리안 라이브 주얼리'라고 쓴 간판을 건 순간부터 누니 주얼리를 운영하는 지금까지 나는 수 없이 많은 고객과 만났다. 그중에서 가끔 찾아준 골웨이 손님들은 나중에 내 사업에 영감을 준 고마운 존재가 되었다.

골웨이 길가에는 주말여행을 온 외국 관광객도 있었고, 산책을 나온 동네의 모녀도 있었다. 그리고 기억에 또렷하게 남은 얼굴 하나를 그곳에서 만났다.

어느 주말이었다. 외국인 부부와 유치원생 정도로 보이는 동양인 아이가 함께 코리안 라이브 주얼리 좌판으로 걸어왔다. 자신을 캐나다에서 온 관광객이라고 밝힌 부인은 친근한 미소를

보였다. 옆에 선 꼬마를 소개하며 "여기 내 딸은 한국인"이라고
알려주었다.

주얼리에 관심이 있어서라기보다 내가 같은 한국인이라는 사
실이 무척 반가워 걸음을 멈춘 것 같았다. 부부는 내게 관심을
갖고 주얼리를 전공했는지 등 이런저런 질문을 하다가 "딸에게
선물하고 싶다"며 귀고리를 주문했다. 먼 곳에서 온 나를 도와
주고 싶은 마음도 있었을 것이다.

어느 때보다 정성을 기울여 귀고리를 만들었다. 맘에 쏙 드는
주얼리를 만들어 기쁘게 해주고 싶다는 마음이 컸다. 외국에 나
와 있는 한국인으로서 부끄럽지 않은 디자인을 선보이고도 싶
었다. 부부와 아이는 알록달록한 귀고리를 엮어나가는 내 손을
흥미롭게 바라보았다.

완성된 귀고리를 건네자 그 부부는 마음에 드는지 함박웃음
을 지었다. 함께 사진을 찍자는 제안에 기쁘게 사진을 같이 찍었
다. 그 사진을 받진 못했지만, 그때의 기억은 시간이 꽤 지난 지
금까지도 또렷하게 남아 있다.

그 아이는 지금쯤 스무 살을 넘긴 성인이 됐을 테다. 똑같은
세월을 보낸 그 시간 동안 나는 내 이름을 걸고 귀고리와 반지
를 만드는 사람이 됐다. 부끄럽지 않은 디자인을 하겠다는 그때

의 다짐은 지금까지도 내가 브랜드를 이끄는 원칙이 됐다.

언젠가 그 아이와 연락이 닿으면 이 얘기를 꼭 전하고 싶다는 생각을 간혹 한다. 마음에 드는 디자인을 선보여 너를 기쁘게 하겠다는 그때의 다짐은 변치 않았다고 말이다.

한여름, 로마의 결심

우연은
준비된 마음을
편든다

골웨이에서 어학연수를 마무리할 무렵, 여느 학생과 마찬가지로 나는 유럽 여행을 계획했다. 영국과 프랑스, 스페인, 이탈리아 등 유럽 대표 국가의 주요 도시를 둘러보는 별다른 특징 없는 여행이었지만, 그래도 여러 나라를 오가는 긴 해외여행이라 마음이 설렜다.

특히 이탈리아 일정에 유난히 마음이 들떴다. 골웨이에서 사귄 친구인 프란체스카가 이탈리아의 한 '할아버지'를 만나게 해주겠다고 약속했기 때문이다. 주말마다 '코리안 라이브 주얼리' 좌판을 벌이던 무렵이었는데, 내 전공이 금속공예인 걸 알았던 프란체스카는 로마에 있는 자신의 본가 옆집에 금속공예 작가가 산다면서 로마에 들르면 그분을 소개해주겠다고 말했다.

로마에서 '명품 거리'로 불리는 스파냐Spagna 거리 한쪽에 공방 겸 쇼룸을 운영하고 있었는데, 그분을 처음 본 순간 나는 놀랄 수밖에 없었다. 프란체스카가 대수롭지 않다는 투로 말했던 작가가 바로 이탈리아 금속공예 분야에서 '마에스트로'로 불리는 파우스토 마리아 프란키Fausto Maria Franchi였기 때문이다. 파우스토는 로마 거리에 그가 작업한 공공 조형물이 세워질 정도로 유명한 금속 장인이다. 알고 보니 그의 별장이 친구의 본가 옆에 있었던 것이다.

파우스토 마리아 프란키의 장인 정신을 느낄 수 있는 작품이 가득한 공방 풍경은, 명품 브랜드의 파인 주얼리Fine Jewelry가 화려한 자태를 뽐내는 스파냐 거리의 쇼윈도와 선명한 대조를 이루며 내게 큰 인상을 남겼다. 세월의 흔적이 그대로 드러나는 문을 열고 들어가자 갤러리 공간처럼 따뜻한 조명 아래 단정하게 꾸민 쇼룸이 나왔다.

공방은 쇼룸과 연결돼 있었는데, 문틈 사이로 누워 있는 강아지와 그 뒤로 오래되고 단단한 나무 작업대에서 천천히 움직이는 공방 사람들이 보였다. 지금 생각해보면 인생에서 처음으로

록 음악을 들었을 때 느꼈던 충격과 환희에 맞먹는 감동을 느꼈던 듯하다.

금세공품의 표면을 뒤덮고 있는, 아름답고 독특한 제각각의 텍스처Texture 작업이 내 눈을 사로잡았다. 파우스토 선생의 작품은 하나의 예술 작품 같았다. 그가 만드는 '아트 주얼리'는 흔히 보아왔던 상업 주얼리와는 달랐는데, 착용감보다도 주얼리 그 자체의 아름다움을 표현하는 데 집중하여 형태가 매우 자유

파우스토 선생의 주얼리는 하나의 예술 작품 같았다.

파우스토의 공방은 화려한 스파냐 거리에서 단연 눈에 띄었다. 손때 묻은 작업 도구가 늘어선 곳에서 장인이 작업에 열중하고 있다.

분방했다.

주얼리의 겉면 또한 보통은 유광 또는 무광으로 구분되는 매끈한 금속 마감과는 완전히 다른 세계였다. 파우스토 선생의 작품을 보는 순간, 텍스처 속에 겹겹으로 쌓인 미묘한 층위가 눈에 들어왔다.

섬세한 텍스처가 들어간 작품은 고객의 손에서 자연스러운 흠집과 광택을 얻어 더욱 멋스럽게 변하기도 했다. 거기에 더해 손때 묻은 작업 도구가 늘어선 공방 구석구석을 둘러보니 수십 년간 이어져온 자부심 넘치는 역사를 느낄 수 있었다. 나는 공방의 내음을 깊이 들이마셨다.

신기하게도 나는 파우스토 공방의 장인 정신과 스파냐 거리를 채우고 있는 파인 주얼리 특유의 대담한 디자인 모두에 마음이 끌렸다. 여행 중인데도 내 마음은 발길이 향하는 곳과 다른 방향으로 나아갔다.

나는 달뜬 기분에 휩싸여 말했다. 파우스토 선생에게 "한국에 돌아가 포트폴리오를 보낼 테니 마음에 들면 제자로 받아들여 달라"고 당돌하게 청한 것이다. 어린 시절 막연히 전공을 선택하던 순간에도, 대학에서 전공 수업을 듣던 시절에도 이떤 뜨거운 열망을 느끼지 않았던 내가 파우스토 공방에 들어선 바로 그

2020년 다시 찾아간 파우스토 공방에서. 파우스토 선생은 나를 반기며 그동안의 작업물을 보여주셨다.

순간 '주얼리를 하고 싶다'는 강렬한 소망을 비로소 느꼈다. 로마 거리의 한여름 뙤약볕처럼 그 결기는 선명하고 뜨거웠다.

골웨이에서 짐을 정리해 한국으로 돌아온 나는 대학으로 돌아가 마지막 학기를 마무리했다. 내가 보낸 포트폴리오를 본 파우스토 선생은 단번에 '오케이'를 해주었다. 이런 인연은 인생에 두 번은 찾아오기 어렵다. 행운이 넝쿨째 굴러 들어온 셈이었다.

선생의 공방에서 어시스턴트 생활을 시작하기 위해 2006년 1월, 이탈리아행 비행기에 다시 올랐다. 어학과 음악을 생각하며 찾아간 아일랜드 골웨이였는데, 거기서 싹튼 인연으로 나는 이탈리아에서 공예와 다시 만나게 됐다. 일어날 일은 일어나고야 마는가 보다. 문득 "우연은 준비된 마음을 편든다"라는 루이 파스퇴르의 말이 미덥게 느껴진다.

Pianò,
천천히 천천히

장인의 시간은
천천히 흐르고

전원생활을 하는 것같이 고즈넉했던 골웨이의 날들이 우정으로
왁자했다면, 세계적인 관광 도시인 로마에서 보낸 시간은 오히
려 단출했다. 이탈리아어는 완전히 낯선 언어였기에 오전은 어
학원에서 '아A, 비B, 치C, 디D'부터 배우고, 오후엔 공방에서
어시스턴트로 보내는 생활을 이어나갔다.

　골웨이에서처럼 로마에서도 한 아파트를 여럿이 공동으로 사
용하는 플랫Flat 방식을 택했지만, 어학원과 공방을 오가느라 바
빠 그곳에서 따로 친구를 사귈 여유는 없었다.

　내게 파우스토 선생을 소개한 프란체스카는 당시 영국에서
생활하고 있어서 얼굴 보기가 힘들어졌다. 로마에 한국 유학생

이 꽤 많다는 소문은 들었지만, 그들처럼 학교생활을 하는 처지가 아니어서 인근에 유학생이 있어도 만나기 어려웠다. 자연히 한국인과 친분을 나눌 기회가 줄어들었다.

그렇다고 공방 어시스턴트 생활이 외롭진 않았다. 파우스토 선생과 그의 아내 루치아가 나를 다정하게 대해주었다. 함께 일하던 어시스턴트가 넷 있었는데, 가까운 친구처럼 격 없이 지내는 사이는 아니었지만 모두 내게 호의를 베풀었다.

한국과 달리 유럽은 더치페이가 보편적인 문화다. 하지만 공방 식구들은 조금 달랐다. 어시스턴트 한 명이 어느 날 모두에게 에스프레소를 사면 다음 날은 다른 이가 파이를 구워 와 함께 나눠 먹는 식으로 마음을 나누고 정을 주고받았다.

나 역시 이들에게 파전과 꼬치구이, 갈비찜 같은 한국 음식을 대접하기도 했다. 내가 공방 생활을 더 사랑할 수 있었던 건 공방의 터줏대감이었던 시베리아허스키 '줴아'가 있어서였다. 우리는 단짝이 됐다.

공방의 작업 현장은 격렬해 보이진 않았지만, 불을 사용해 금속 표면을 녹이거나 망치로 두드리는 해머링Hammering 작업이 일상적으로 이뤄지는 곳이라 둔탁한 느낌으로 비춰진다. 그렇지만 줴아가 그 큰 몸을 바닥에 누이고 쉬고 있는 평온한 모습을

공방의 터줏대감 줴아와 함께해 더욱 행복했던 로마 생활.

바라보는 순간, 모든 것이 평화로워지는 마술이 펼쳐지곤 했다.

공방에서 하는 작업은 크게 두 가지였다. 여러 도구를 활용해 금속판에 문양을 새기는 체이싱 기법을 훈련하고 다양한 텍스처를 입히는 작업, 나만의 디자인을 구상하고 이를 시연하는 작업이었다.

은세공품의 경우, 공기와 접촉하면 색이 빨리 변하기 마련이다. 파우스토 공방의 손길을 거친 것들은 하나같이 긴 시간 동안 온전한 색을 유지했다. 금이나 은 등으로 된 공예품도 색을 오래 유지했고, 파우스토 공방은 그만큼 소재를 다루는 데 능수능란한 곳이었다.

공방 생활이 시작되자마자 하루빨리 이를 습득하고 싶다는 마음이 들었다. 거기에 더해 이 모든 것에 얼른 익숙해져서 공방 작업에 실질적으로 참여해 나도 한몫을 하고 싶다는 욕심이 생겼다.

파우스토 선생은 반지 제작 과정 중 일부를 중간중간 알려주셨는데 그럴 때마다 나는 아주 빠르게 움직여 알려주신 것들을 해냈다. 대학교에서 배워 이미 알고 있던 과정이었고, 빠르게 만드는 것에 워낙 익숙했다. 모든 과정을 선생에게 배우려면 몇 년은 걸리겠다는 생각에 마음이 급해졌다. 한국인의 '빨리빨리' 정신이 발휘된 건지도 모르겠다.

　다른 어시스턴트들은 유난히 빠른 나의 손놀림을 유심히 지켜보았다. 조급한 내 마음을 알아챘는지, 파우스토 선생은 이따금 내게 "피아노Piano"라고 말씀하셨다. '피아노'는 우리말로 '천천히'를 뜻한다. 살아오면서 꽤 느린 편에 속한다는 말을 들어왔던 내가 '피아노'라는 훈수를 듣게 될 줄은 몰랐다. 배움과 실현에 대한 열의와 별개로 '피아노'라는 말은 내게 기술이 손에 익는 데 일정 시간이 반드시 필요하다는 것을 새삼 깨닫게 해줬다.

　배우고 또 배우는 지루하고 지루한 날들이 쌓여갔다. 그 시간의 무게가 나의 손놀림에서 느껴질 때, 드디어 내게도 선생의 작업을 이어받아 마무리할 수 있는 기회가 찾아왔다. 파우스토 공방 특유의 텍스처가 아름다운 은반지였는데 불필요하게 튀어나오거나 자연스럽지 않은 부분을 다듬고 반지의 겉면을 균일하게 마무리하는 작업이었다.

　선생께서 지도해주신 대로 천천히 집중하며 완성해냈다. 파우스토 선생은 내 완성작을 한참 동안 유심히 살펴보시더니 잘 마무리했다고 인정해주셨다. 처음으로 내 손길이 닿은 반지가 고객에게 전해졌다.

　그날의 감동과 흥분을 생각하면 지금도 기분이 짜릿하다. 이를테면 거듭된 도움닫기 끝에 허들 하나를 날렵하게 뛰어넘은 기분이랄까. 장인의 시간은 천천히 흐른다는 사실을 깨닫게 해주신 선생님의 '피아노'를 지금도 마음에 새기고 있다.

내가 '아는 것'을
'나답게' 드러내는 것

자신의 것을
디자인하라

공방에서 나는 어떤 가공도 하지 않은 금속판을 마주할 때마다
하얀 도화지를 생각했다. 파우스도 선생의 텍스처 작업은 자유
분방하면서 다채로워 앞으로 여기에 어떤 질감이 생길까 하는
그 무궁무진한 가능성이 항상 궁금했다. 실제 이곳에서 흰 도화
지와 마주했던 일도 또렷하게 기억난다.

공방 생활의 또 다른 중요한 축이 디자인 작업이다 보니, 이를
위해 내가 처음 받아 든 게 백지 한 장이었다. 선생이 내게 시킨
첫 번째 과제는 펜을 쥔 채 눈을 감고 의식의 흐름대로 그림을
그리라는 것이었다. 이는 온갖 상념을 단순하게 정리하고 싶을
때 무의식에 기대는 방법이었다.

파우스토 선생은 머릿속 잡스러운 생각을 가볍게 덜어내고 손을 자유롭게 움직일 때, 한결 아름다운 선들이 나온다고 믿었다. 억지로 애를 쓰면 선이 굳어져 나온다. 그렇다고 애쓰지 않으면 선은 방만하게 나온다. 선생이 궁극적으로 제시한 경지를 내 식으로 표현하자면 '애쓰지 않기 위해 애쓰는 마음가짐'이 아니었을까. 내게는 어렵고도 어려운 내공이었다.

자유로운 드로잉으로 머리와 손을 푼 뒤 본격적으로 주얼리 디자인을 시작했을 때는 어떤 형태를 만들어내야 공방과 잘 어울릴까 한참 고민했다. 고심 끝에 완성한 디자인을 앞에 두고 파우스토 선생과 마주한 날을 지금까지 잊지 못한다.

이날 선생이 내게 남긴 말은 단 한 문장이었다. "자신의 것을 디자인하라." 그날 가져간 디자인은 한마디로 '파우스토 공방 스타일'이지 '손누니의 것'이 아니라는 의미였다. 그 말을 듣는 순간, 나는 아차 싶었다. 당시 나는 '파우스토 공방 소속'이라는 생각에 사로잡혀 그 위상에 걸맞은 디자인을 해야 한다고 고민했을 뿐, 나만의 색깔을 드러내야 한다는 창의적 욕구에 따라 디자인하지 못했다. 어디에 속해 있든, 모든 예술 분야를 관통하는 기본은 '자기만의 목소리'를 내는 것 아니겠는가.

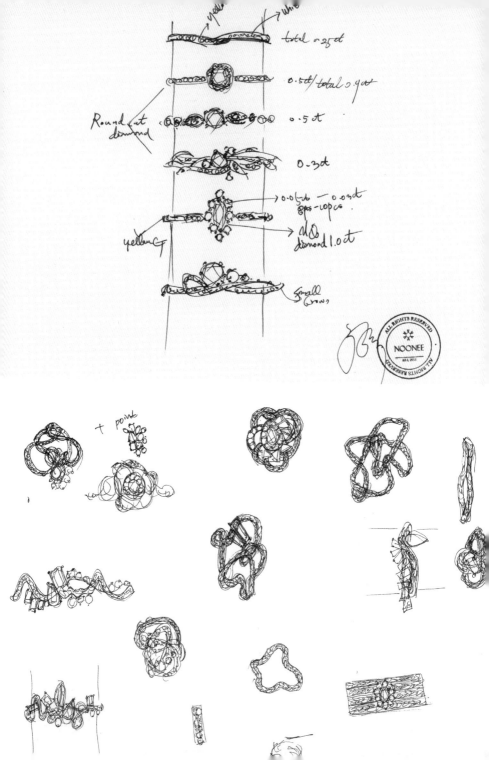

yellow

white

total 0.25ct

0.5ct/total 0.9ct

Round cut
diamond

0.5ct

0.3ct

→ 0.01ct — 0.03ct
8pcs—10pcs.

→ 1.0ct
diamond 1.0ct

yellow G

small crown

+ point

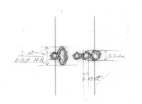
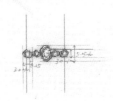

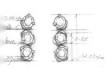

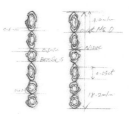

손을 자유롭게 움직이며 그려낸 스케치들.
나만의 디자인을 얻기 위해선 애쓰지 않기 위해 애쓰는 마음가짐이 필요했다.

파우스토 선생이 부드러운 음성으로 내게 전한 '너만의 것을 디자인하라'는 가르침은 주얼리 디자이너로서의 내 삶에서 신조로 자리 잡았다. 내 것인 디자인 또는 나다운 디자인이란, 달리 말하면 내게 절실한 아름다움을 나다운 논리로 전개해서 보는 이가 수긍하는 작업이다.

내 나름의 아름다움이나 나다운 아름다움이 구축되지 않은 디자이너는 손쉬운 타협점을 찾기 마련이다. 즉 모두를 위한 아름다움에 의지하는 디자인으로 쏠리게 된다는 말이다. 내 것이 모두의 것이 되게 해야지, 모두의 것을 내 것으로 하는 디자인은 고만고만한 것에 그치고 만다. '아름다움'이란 말뜻도 그렇다. '아름답다'를 '알음(앎)답다'로 풀이하는 견해에 나는 동의한다. 내가 '아는 것'을 '나답게' 드러내야 아름다워진다는 얘기다.

대학을 갓 졸업한 나를 철부지 수련생 혹은 공방 소속 어시스턴트 정도로 여기지 않고 한 사람의 독립적인 디자이너로 상대해준 파우스토 선생에게 나는 지금도 감사한 마음을 갖고 있다. 그분 덕분에 디자이너로서의 '나의 고유성'에 관해 진지하게 자문할 수 있었다. 그래서 시시때때로 나는 내 것이라고 여긴 것을 검증한다.

공방 생활을 통해 또 하나 배운 것은 바로 '즐거운 소통의 힘'이었다. 공방 특성상 도제徒弟 시스템에서 자유로울 순 없지만, 파우스토 공방은 경직된 수직 관계는 아니었다. 오히려 주얼리라는 공통 주제를 두고 고민하는 이들이 함께 모여 서로의 감각과 습성을 나누고 견주어보는 공간에 가까웠다.

친절하고 다정한 이들과 같은 일을 함께한다는 게 일단 기뻤다. 공방 한편에 있는 덩치 큰 반려동물도 늘 심리적 안정감을 주었다.

무엇보다도 작업자와 고객이 직간접적으로 소통할 수 있는 이곳 특유의 공간 구성이 가장 중요했다. 주얼리 디자인의 공정을 '지켜볼 수' 있고, '보여줄 수' 있는 공간 구성이 소비자와 창작자 양쪽 모두를 더 즐겁게 했다.

그곳은 쇼룸보다 공방의 규모가 더 컸다. 물론 고객이 주얼리를 만드는 전 과정을 낱낱이 볼 수 있는 건 아니지만, 어느 정도 짐작할 수 있게 작업의 일부를 충분히 제공했다. 이것은 공산품을 그저 수동적으로 소비하는 것과 차원이 달랐다.

나는 서서히 깨달았다. 장인의 손길이 각각의 주얼리에 제 나름의 이야기를 입히는 과정에 고객이 동참하는 듯 느끼게 만드는 이 공간이 얼마나 이채로운 세계인지 말이다. 이러한 공간 구

파우스토의 작업 공간. 고객이 쇼룸 너머로 큰 조형물을 둘러싼 공방을 볼 수 있었다.

1장

성이 주얼리 제작 과정을 더 매력적으로 연출해준다. 그저 예쁘게 디자인해 파는 일이 전부가 아닌 것이다.

공방의 설계 개념을 어떻게 구현하느냐에 따라 창작자와 소비자가 이심전심으로 소통하는 즐거움이 분명히 존재한다. 공방에서 깨달은 '소통의 즐거움'은 훗날 누니 주얼리에서 '커스텀 디자인'으로 방향을 잡고 나아가는 발판이 됐다.

아쉽게도 취업 비자 문제 등으로 파우스토 공방에서 보낸 생활은 1년 남짓 지나 마무리됐다. 이때 배운 마음가짐과 지식은 이후 주얼리 디자이너로 살아온 내 인생의 모든 순간에 피와 살이 됐다.

몸으로 부딪치며 얻은 것은

내 안에 단단하게 자리 잡았다.

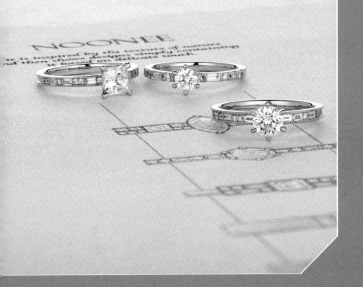

2 장

모든 경험은 값지다 ..

누니 주얼리의 로드맵을 그리다

겨냥한다 해서 과녁에
전부 맞으란 법은 없다

누니, 네 디자인은
대중에게 어울려

공방 시절 작업한 디자인 스케치를 보며 파우스토 마리아 프란
키 선생은 내게 "파인 주얼리와 잘 맞는다"라고 평가했다. 예술
작품처럼 형태가 자유분방한 아트 주얼리보다는 대중적으로 사
랑받는 파인 주얼리 디자인이 잘 어울리겠다는 의견이었다.

내 생각도 같았다. 주얼리를 통해 예술 작업을 하는 선생과 달
리 내 디자인은 좀 더 대중적인 쪽에 가까웠다. 누구나 호기심을
일으킬 만한 다양한 스톤Stone(보석)을 써서 디자인하는 걸 좋아
했기 때문이다.

이탈리아에서 생활하던 시절, 파우스토 선생에게 배우면서
'길거리 수업'도 착실하게 받았다. 공방이 있는 스파냐 거리의

쇼윈도 앞을 매일 오가면서 크고 작은 깨달음을 얻는 맛이 쏠쏠했다. 그곳에는 명품 파인 주얼리 브랜드인 까르띠에, 반클리프 아펠, 티파니, 불가리 등은 물론이고 에르메스, 샤넬, 루이비통, 디올 등의 플래그십 스토어Flagship Store가 모두 모여 있다.

브랜드 마스터피스Masterpiece의 각축장이자, 신예 디자이너에게는 거대한 체험 학습장 같은 곳이었다. 명품 브랜드 쇼윈도의 화려한 디스플레이는 설치 미술 작품을 연상하게 했다. 주얼리를 둘러싼 거대한 장식들이 눈길을 끌었다.

나는 그 거리의 공기를 들이켜며 배운 것을 가슴에 새겼다. 서울로 돌아와 주얼리 디자이너로서 본격적으로 일을 시작하기로 결심했을 때, 파인 주얼리 분야를 염두에 둔 것은 매우 자연스러운 귀결이었다.

어느 정도는 예상했지만, 파인 주얼리 분야에 첫발을 내딛기가 쉽지 않았다. 국내 주얼리 업체의 경우, 그 수가 적고 규모도 작아 '신입' 디자이너를 뽑는 곳이 드물었다. 간혹 디자이너 모집 공고가 나더라도 모두가 경력자를 원했다.

파우스토 공방 어시스턴트가 유일한 이력이었던 나는 '되려면 되겠지' 하는 심정으로 경력 디자이너를 뽑는 회사 몇 곳에

원서를 냈다. 어시스턴트 경험이 경력으로 인정될 거라는 요행을 바라고 한 것은 아니었다. 로마 생활에서 내가 가진 돈을 거의 다 썼기에 생활비를 벌어야 한다는 압박감이 컸다.

놀랍게도 두 곳에서 면접을 보러 오라는 연락을 받았다. 그렇게 A사에 입사했다. 로마에서 돌아온 지 두어 달 지났을 무렵이니, 거의 곧바로 주얼리 디자이너의 삶을 시작했다고 할 수 있다.

A사는 파인 주얼리를 주로 다루었다. 내가 입사한 2007년 당시 상당히 매출이 높은 편이었다. 1997년 시작된 IMF 외환 위기 이후 십 년이 흘러 국내 경기가 호전돼서인지 내 예상과 달리 고가의 주얼리를 구매하는 이들이 꽤 있었다. 본격 디자이너로 첫걸음을 뗀 나는 그 덕을 톡톡히 봤다.

다이아몬드, 에메랄드, 루비, 사파이어 등 소위 '귀보석'이라 불리는 것들을 마음껏 재료로 썼다. 원하는 보석을 자유자재로 크기에 구애받지 않고 다룰 수 있는 환경이었다. 초짜 주얼리 디자이너가 고귀한 원재료를 한껏 다뤄볼 수 있는 행운은 쉽게 오는 게 아니다. 엉뚱한 상상이지만, 스무 살의 가난한 피카소에게 박스째 물감이 들어오고, 무명의 박수근에게 트럭째 캔버스가 굴러온 거나 다름없었다.

한번은 디자인을 하다 이런 일도 있었다. 속으로 '이건 다이애나 왕세자비 정도나 돼야 어울리겠다'고 생각할 만한 목걸이를 심혈을 기울여 만들어냈다. 다이아몬드가 40캐럿이나 들어가고 외형이 눈에 확 띄게 화려한 제품이었다. 매장에 진열된 지 며칠이나 됐을까. 금방 판매가 됐다는 소식이 들렸다. 누구보다 내가 가장 놀랐다.

시장에서 회자되는 말이 있다. '겨냥한다 해서 과녁에 전부 맞으란 법은 없다.' 창작자의 진심이 모든 이에게 반드시 통하는 것은 아니라는 뜻이다.

이 목걸이도 한참 뒤에야 판매가 될 것이라 생각했는데, 높은 안목이 있는 고객이 심혈을 기울인 야심작을 단번에 알아봐주어 기뻤다. 이처럼 때로는 생각지도 못한 제품이 소비자에게 선택되면서 각광을 받기도 한다.

그래도 분명한 건 있다. 신선하고 풍성한 재료가 맛있는 요리를 만든다는 것. 루비, 사파이어, 에메랄드 등 별의별 스톤들을 보고, 만지고, 자르고, 갈고, 쪼고, 다듬은 경험이 주얼리 디자이너의 지속가능한 자산이 된다는 것은 물어보나 마나다.

창작자의 독

저 같은 인재를
자른다고요?

A사의 디자이너로 일을 시작한 지 얼마 지나지 않았을 무렵이다. 신문사와 주얼리 유통회사가 공동 주최하는 국제 주얼리 디자인 공모전을 알게 됐다.

여러 스톤을 활용해 자유롭게 디자인하는 회사의 업무는 흡족했지만, 내 실력에 대한 공식적이고 전문적인 '검증'을 받고 싶은 마음이 문득 생겼다. 공모전은 경쟁을 통해 그 욕구를 실현해주는 제도다.

그해 공모전이 내건 주제는 '순수'였다. 스톤은 다이아몬드로 정해졌다. 다이아몬드는 탄소로만 구성돼 있어 존재 자체가 순수를 뜻하며 '영원한 사랑과 고귀함'을 상징하는 보석이다.

공모전 주최 업체가 마침 다이아몬드 유통업을 하면서 실용성과 대중성을 갖춘 자체 주얼리 브랜드가 있는 회사였다. 내 응모작을 설정하는 데 별 어려움이 없었다. 공모전에서 상투적으로 보일 수 있는, 커다란 스톤을 중심으로 한 마스터피스는 배제하기로 했다. 실제 생산을 해서 유통할 수 있는 형태의 디자인을 내기로 작정했다.

작품에는 '비너스의 탄생'이라는 이름을 붙였다. 뻔한 제목이지만 낯선 내용으로 승부를 볼 심산이었다. 여러 개의 작은 다이아몬드를 이용해 목걸이는 물론 브로치로도 활용할 수 있도록 구성한 디자인이었다. 두 가지 용도가 가능해 주얼리의 활용 폭이 넓은 반면 디아아몬드의 크기는 줄여 원재료비를 대폭 낮추었다.

작품을 보내면서 '이건 정말 모 아니면 도'라는 느낌이 들었다. 일반 공모전에서는 간과하기 쉬운 '실용성'에 방점을 찍은 디자인이었다. 내 나름대로 이렇게 생각했다.

'내가 생각한 것이 통한다면 대상, 그렇지 않다면 입선도 못하겠구나.'

다행히 예상이 맞아떨어졌다. 주최 측이 대상을 수여하며 내린 평가는 이랬다.

비너스의 탄생. 펜던트 일부가 브로치로 분리되도록 디자인했다.

"다이아몬드의 특성을 가장 잘 살린 작품으로 경제성·실용성·심미성에서 높은 점수를 얻었다."

내 전략이 정확히 통했던 셈이다.

실력을 인정받은 기쁨은 잠시였다. 공모전에서 대상을 받자 논란이 일었다. 내가 일하던 회사에서 공모전 수상을 괘씸하게 여긴 것이다.

이유가 있었다. 공모전을 공동으로 주최한 측이 내가 다닌 회사와 경쟁 관계였다. 내 거취를 두고 회사에서 갑론을박이 벌어졌다.

반전은 그다음에 일어났다. '곧 회사에서 잘리겠구나' 하며 마음의 준비를 하고 있던 어느 날, 오래도록 재고로 남아 있어 골치를 아프게 한 스톤 핑크 사파이어가 나를 구했다. 그 스톤으로 내가 디자인한 주얼리가 예상치 못한 고가에 판매된 것이다. 해고를 둘러싼 논란은 내가 시말서 한 장을 쓰고 난 뒤 사라졌다.

나는 1년 정도 회사를 다닌 뒤, A사를 떠나기로 결정했다. 다양한 원석을 제약 없이 활용할 수 있어 디자인적으로 폭넓게 표현할 수 있는 매력적인 직장이었다. 하지만 모든 회사가 그렇듯 영업팀의 의견을 무시하며 디자이너가 마냥 내키는 대로 창의성을 펼칠 수는 없었다.

첫 직장이 내게 준 안도감이 있기는 했으나, 편안한 정착은 창작자의 독이 되기도 한다. 미련 없이 첫 회사를 떠났다.

현장을 모르면 실패한다

초보 사업가의
실패

누니 주얼리를 론칭하기 전에 개인 브랜드를 내려고 두 번 도전했었다. 첫 번째는 혼자서, 두 번째는 동료와 함께 시도했다. 혼자 했을 때는 밑그림을 그리다 끝난 셈이었고, 함께 했을 때는 실행에 옮겼으나 좋은 결과를 얻지 못했다.

첫 시도는 첫 회사에서 퇴사한 무렵인 2008년에 구상했다. 브랜드명은 'NOONEE'가 아니라 'Nunee'였다. 내 이름을 앞세워 크고 볼드Bold한 형태의 커스텀 주얼리를 선보인다는 콘셉트로 론칭했다. 내가 다니던 회사에서 작업한 파인 주얼리와는 완전히 다른 스타일이었다. 이를테면 해골이나 박쥐, 표범 등의 장식 요소가 중간중간 자리한, 한마디로 '록 스피릿'이 넘치는 주얼리

첫 브랜드 Nunee의 시제품들.

를 만드는 게 목표였다.

내가 하고 싶은 대로, 누구 눈치도 보지 않겠다는 욕심이었다. 준비하는 과정은 즐거웠으나 몸이 고단했다. 샘플 작업을 위해 중국 칭다오에 있는 공장과 소통하는 게 너무 힘들었다. 디자인의 디테일을 두고 옥신각신할 일이 많아 정신적 피로가 배가됐다.

디자인한 표범 발바닥 문양에 에나멜Enamel을 칠하는 것과 같은 자잘한 문제를 두고 말씨름을 벌였다. 박쥐의 날개 디테일을 살리네 마네 하는 문제로 밀고 당기는 신경전을 벌였다. 진행하는 단계 하나하나마다 걸림돌이 나타나는 것 같았다.

유통 경로를 만드는 과정도 지난했다. 애초부터 국내 유통을 고려하지 않고 해외를 겨냥한 까닭이었다. 모양이 워낙 볼드한 느낌이 강해 2008년 당시 국내 주얼리 소비 스타일과 차이가 컸다. 해외에서 내 스타일을 지지해준다면 정말 재미있게, 또 지치지 않고 디자인을 해나갈 자신이 있었다.

'꽂히면 앞뒤를 재지 못한다'는 말이 있다. 밤잠을 설쳐가며 수많은 해외 편집 숍에 메일과 샘플을 보내는 과정을 거듭했다. 시차가 맞지 않아 늦은 시간까지 기다리다 연락을 주고받는 날들이 쌓여갔다.

그렇게 공들인 지 몇 개월 지났을 무렵 드디어 'Nunee와 함께
하고 싶다'라는 답을 받았다. 뉴욕을 비즈니스 거점으로 하고 있
는 어느 주얼리 쇼핑몰이 계약을 제의해온 것이다. 그 한밤중에
나도 모르게 환호가 터져 나왔다. 좋은 소식이 펑크록의 기운이
흐르는 뉴욕에서 날아와 가슴이 더욱 벅찼다.

그러나 일이란 게 참 공교롭게 진행된다. 하필 비슷한 시기에
다른 제안 하나가 들어왔다. 공모전에서 '비너스의 탄생'에 대상
을 안겨 준 주최 측인 B사의 스카우트 제의를 받았다. 만일 입사
한다면 나의 개인 브랜드를 론칭해주겠다는 제법 솔깃한 제안
이었다. 브랜드명까지 정해놓았다고 했다. 로마에서 수련한 내
이력을 살려 'Romanuni(로마누니)'로 하겠다는 것이다.

나로선 고심할 수밖에 없었다. Nunee를 준비했던 과정은, 굳
이 빗대자면 '재미난 가시밭길'이었다. 디자인, 제작, 유통, 판매,
영업 등을 오롯이 혼자 판단하고 준비하고 실행하는 일이 얼마
나 어려운 일인지 체감했다.

처음 다닌 회사에서 영업을 곁눈질로 보긴 했지만 나는 디자
인 외에 다른 분야에 관한 노하우가 전무했다. 각 분야의 전문가
들이 포진한 B사에서 브랜드 론칭 과정을 경험할 수 있다는 데
적잖은 매력을 느꼈다.

나의 고유 브랜드를 내가 직접 운영하고 싶다는 소망은 물론 간절하고 오래된 것이지만 적기가 아니란 판단이 들었다. 더 넓게, 더 두텁게, 더 많이 배우고, 실력을 갈고닦을 훈련장이 절실했다. 결국 뉴욕행을 포기하는 걸로 결론 내렸다. 뉴욕은 '가지 않은 길'이 됐다. 지금도 가끔씩 내 디자인이 뉴욕을 휘젓고 있는 상상을 하곤 한다.

두 번째 개인 브랜드를 그렇게 B사에서 1년여 근무하고 퇴사한 직후 론칭했다. B사에서 여러 브랜드를 론칭해본 경험이 있었던 터라 이번에는 자신감이 있었다. 2010년에 동료 두 명과 함께 이대 앞과 삼청동에 'H 브랜드'를 열었다.

실버와 골드 커플 링을 주로 선보였다. 이미 두 번째 회사에서 여러 형태의 브랜드 론칭을 해본 경험이 있던 터라 출시 과정에 큰 어려움은 없었다. 디자인 면에서도 별문제 없이 순조로웠다.

하지만 H 브랜드는 오래가지 못했다. 디자인과 론칭, 유통에 관한 노하우는 있었지만 결정적으로 부족한 것이 하나 있었다. 바로 판매가 실질적으로 이뤄지는 매장 관리의 노하우였다. 판매 현장을 모르면 실패로 치닫는다는 것을 이때 뼈저리게 깨달았다. 이 점에 무지했던 나는 매장 관리를 직원에게 일임하고 이렇다 할 관심을 기울이지 않았다.

매장 청소부터 개점과 폐점 시간, 고객 응대 방식, 주얼리가 진열된 쇼케이스의 얼개와 조명, 디스플레이 방식, 매장에 흐르는 음악과 향기까지 조율하고 신경을 쓰는 것. 그것이 판매에서 기본 중의 기본이라는 것을 나는 H 브랜드가 막을 내릴 때쯤 알게 됐다.

제품을 출고한 지 몇 달 안 돼 스톤이 빠져버렸다며 AS 요청이 들어오기도 했다. 제품을 검수하는 과정에서 꼼꼼히 걸러내지 못했던 것이다. 생산에 대한 경험이 부족해서 발생한 일이었다. 각종 AS를 처리하는 데 많은 비용이 들었다.

이때의 실패는 사업 주체인 주얼리 디자이너의 역할에 대해 다시 생각해보는 계기가 됐다. 디자이너는 형태를 만드는 것, 즉 작품의 '조형'에 관해서만 고민하는 것으로 끝나는 게 아니라, 한발 더 나아가 업무 분담을 어떻게 해야 할지 주도면밀하게 살펴야 하는 사람이다.

트렌드를 파악하는 것은 물론이고 제작과 유통, 판매, 발생 가능한 모든 리스크 등을 관리하는 것까지 생각해야 브랜드를 안정적으로 키워갈 수 있다. 협업으로 이뤄진 두 번째 브랜드 론칭 과정에서 나는 시행착오를 거치며 단단해졌다.

누니 주얼리의
로드맵을 그리다

마침내,
누니 주얼리

Nunee와 H 브랜드로 개인 브랜드를 시도하고 로마누니를 론칭하기 위해 회사에 들어갔던 2008년에서 2010년에 이르는 시기를 한마디로 정리하면 '좌충우돌'이라고 할 수 있다. 맨땅에 헤딩으로 시작했던 Nunee나 H 브랜드와는 결이 달랐지만, B사에서 계획한 로마누니도 결국 별무소득이 되고야 말았다.

　B사가 로마누니를 통해 구현하고 싶었던 것은 '다이아몬드와 실버Silver의 결합'이었다. 6개월여에 걸쳐 프로젝트를 진행하면서 이 조합 자체가 시장성이 부족하다는 것을 알게 됐다. 실제로 2009년, 다이아몬드와 실버의 조합에 주력한 어느 해외 주얼리 브랜드가 국내 론칭을 계획했다가 철수한 일이 있었다. 다이아

몬드가 패션 주얼리로 소비되기엔 고가의 원석이라 가격을 조정하려고 등급이 낮은 다이아몬드를 쓴 게 문제가 됐다.

더구나 파인 주얼리로 소비하기엔 실버가 상대적으로 저렴한 축에 속해 파인 주얼리만의 매력도 떨어뜨렸다. 다이아몬드와 실버의 조합은 '어울리지 않는 결탁'이라는 것이 시장이 내린 결론이었다. 결국 로마누니는 걸음마도 하지 못하고 사라졌다.

로마누니 론칭만 무산됐을 뿐, B사에서 나는 다수의 브랜드 탄생에 일조했다. 다이아몬드 유통을 기본으로 여러 종류의 주얼리 브랜드를 갖춘 회사인 만큼 백화점과 홈쇼핑, 인터넷을 아우르는 다양한 플랫폼에서 뛰어볼 기회도 가졌다.

브랜드가 백화점에 입점하는 과정에서 체크할 사항은 무엇인지, 홈쇼핑에서 판매와 재고 관리는 어떤 방식으로 이뤄지는지 등을 직접 보고 배우거나, 현장을 오가면서 요점을 파악하기도 했다. 인터넷에 나온 사진 몇 장만 보고 이삼백만 원짜리 주얼리를 사는 고객층도 엄연히 존재한다는 사실은 좀 놀라웠다.

수박 겉핥기식으로 배우는 것도 있었지만, 이때 몸으로 부딪치며 단련된 것들은 근육처럼 내 안에 자리 잡았다. 힘든 순간이야 매번 있었지만 이를 상쇄하고도 남을 만한 값진 경험을 했고 이 경험이 추후 '압축 성장'을 할 수 있는 기틀이 됐다.

유통에 관한 정보와 지식은 직간접적으로 쌓았지만 판매는 직접 해보지 못했다. 소비자와 실제 접촉하는 요령을 터득하지 못한 게 이후 H 브랜드의 론칭에 어느 정도 영향을 미쳤을 테다. 하나를 가르치면 열을 아는 디자이너는 아니었다. 내게 그런 재능은 없고, 아는 만큼 보이고 일하는 만큼 익히는 편이다.

주얼리 디자이너로서 삶을 시작한 지 얼마 되지 않아 맞닥뜨린 좌충우돌의 시기를 지금은 감사하게 여긴다. 울퉁불퉁하고 들쭉날쭉한 이 경험이 결국 내게 든든한 밑거름이 됐다. 나의 세 번째 개인 브랜드인 '누니 주얼리NOONEE Jewelry'를 내놓았을 때는 오히려 마음이 깃털처럼 가벼웠다.

딱히 의도해서 배운 건 아니라도 현장에서 오류와 실패를 통해 학습한 것들은 소중했다. 론칭과 유통, 판매 등을 준비할 때 큰 도움이 됐다. 기술적인 요령만 배운 게 아니었다. 브랜드 성격을 구축할 때도 현장에서 학습한 것이 도움이 됐다.

경쟁이 치열한 전쟁터에서 수많은 주얼리 브랜드의 등장과 소멸을 마주하며, 나는 한 가지 질문에 당도했다. 누니 주얼리가 존재해야 할 이유가 무엇일까? 나는 고뇌하며 자문자답하는 시간을 가졌다.

다양한 브랜드 가운데 '내 것'의 위상이 어디쯤인지 객관화하는 작업은 무엇보다 중요했다. 누니 주얼리의 의미와 가치가 내 안에서 확고하게 정해져 있지 않다면 어떻게 고객을 설득하겠는가. 누니 주얼리가 있을 자리를 찾아가는 로드맵 훈련이 집요하게 이어졌다.

2011년, 서울 삼청동 한옥에 '누니 주얼리' 간판이 걸렸을 때 나는 건방지게도 이에 대한 답을 이미 찾았다고 자부했다. 결혼식에서 한 번 반짝이고 마는 주얼리가 아닌, 오랜 시간 아름답고 소중한 웨딩 주얼리를 만드는 곳. 이것이 바로 누니 주얼리의 의미와 존재 이유에 대해 내가 찾은 답이었다.

내 이름을 내건
자신감과 확신

강남도 종로도
아니고, 왜
삼청동이야?

설계 단계에서 끝난 Nunee와 달리, NOONEE는 술술 풀리는 실타래같이 시작부터 일이 잘 풀렸다. 이십 대 후빈이던 나는 결혼을 앞둔 친구들에게 주얼리 디자이너로서 상담 요청을 자주 받았다. 예물이나 웨딩 밴드 등으로 골머리 앓는 예비부부들에게 시원스레 해결책을 찾아주었다.

　디자이너로 몸담았던 회사들에도 웨딩 주얼리 라인이 있었다. 그 세계를 미리 겪어본 게 힘이 됐다. 불투명한 주얼리 견적이나 허례허식에 가까운 주얼리 세트 등으로 결혼을 준비하는 커플들이 어떤 고통을 겪는지 잘 알고 있었다. 이러한 경험이 있기에 나는 웨딩 주얼리 브랜드를 시작하는 데 따른 심적 부담이 덜했다.

어느덧 웨딩 주얼리와 관련해 상담해주는 시간이 길어지고 상담 경험이 쌓이면서 웨딩 주얼리 분야의 요모조모를 자세히 알게 됐다. 우선 커플이 서로 사랑하는 눈빛으로 마주하는 모습을 보는 게 내 일처럼 즐거웠다. 다가올 인생을 함께하겠다는 '약속'의 증표를 만든다는 사실이 내게 각별한 의미로 다가왔다.

브랜드명은 온전히 내 이름을 드러낸 '누니'로 결정했다. 설립자가 자기 이름을 내걸고 브랜드를 만드는 사례는 흔하다. 찰스 루이스 티파니, 루이 프랑수와 까르띠에, 소티리오 불가리 등은 자신의 이름을 내걸고 브랜드를 만든 것으로 잘 알려져 있다.

물론 이러한 오랜 역사를 지닌 브랜드들과 견줄 만한 브랜드로 키워나가겠다는 당찬 포부로 '누니'라고 지은 것은 아니었다. 내 이름을 내세운 만큼 이름에 흠이 되지 않도록 '이름값'을 하겠다는 마음이었다.

동양에서 일컫는 '정명正名사상'과 비슷한 의미일 것이다. 이름에 딱 맞는 실질을 갖추는 것. 누니다운 것이 뭔지는 누니가 안다. 나의 이름과 함께 나다운 디자인을 선보이겠다는 각오를 세웠다.

누니 주얼리의 첫 번째 한옥 매장.

공간을 확장하며 삼청동에 열었던 두 번째 한옥 매장. 자연과 닮은 고즈넉한 한옥은 누니 주얼리와 잘 어우러졌다.

모든 경험은 값지다

71

서울 종로구 삼청동 큰길에서 조금 안쪽으로 들어간 팔판동 골목길에 누니 주얼리는 자리 잡았다. 자그마한 한옥이 매장이 됐다. 웨딩 주얼리 매장을 청담동도 종로도 아닌 삼청동 골목에 연다고 했을 때, 지인들은 이 결정을 말렸다.

하지만 나는 자꾸 삼청동이 눈에 밟혔다. 삼청동 거리에는 나지막한 한옥들 사이로 그 나름의 개성을 가진 카페들이 자리하고 있었다. 각양각색의 예술품을 만날 수 있는 갤러리들이 올망졸망 모인 것도 시선을 끌었다. 두 번째로 다닌 주얼리 회사가 종로에 있어서 종종 인근 삼청동의 공간을 찾아다니며 디자인 작업을 하곤 했었다. 그래서 은근히 이 동네에 정이 들었다.

오랜 세월 비바람을 맞으며 나이 들어가는 한옥의 고즈넉함은 들뜬 마음을 가라앉히는 데 효과가 있었다. 커플들이 웨딩 밴드를 맞추는 매장이 마침 데이트하기 좋은 곳에 있다면 안성맞춤일 것 같았다. 그렇다면 삼청동, 게다가 한옥이라면 이채로운 선택이 되지 않을까.

멀쩡한 회사에서 주얼리 디자이너로 일하다 그만두고 코스튬 주얼리 브랜드를 만들겠다고 일을 도모하고, 다시 회사에 들어가 회사 소속 디자이너로 일하는가 싶더니 개인 브랜드를 또 시도하는 것을 보고 누구는 무모한 행보가 아니냐고 했다.

웨딩 주얼리를 다룬다면서, 그것도 강남이 아닌 삼청동 구석에서 일판을 벌인다고 하니 애정 어린 염려를 덧붙이는 이도 많았다.

그러나 나는 내 꿈이랍시고 밑도 끝도 없이 직진하는 스타일은 아니었다. 도리어 비즈니스를 하기에 앞서 최악을 염두에 둔 시뮬레이션에 한참 매달려 철저히 살펴본 뒤에야 나서는 편이다.

삼청동에서 오픈할 때도 그랬다. 가게 보증금 오천만 원은 부모님 집을 담보로 빌렸다. 보증금이야 사라지는 돈이 아니니 걱정하지 않았다. 행여나 기대 이하의 결과를 얻는다고 해도 수중에 있던 이천만 원가량은 손해 보겠다는 계산이었다.

잘못되면 회사에 다시 들어가 열심히 일하겠다고 마음먹었다. 주얼리의 경우, 샘플을 비롯해 제품을 만드는 데 비용이 많이 든다. 하지만 팔리지 않으면 폐기하는 게 아니라 녹여서 다시 쓸 수 있다는 점도 내가 배짱을 부릴 수 있는 이유 중 하나였다. 최악의 경우를 미리 그려보는 이유는 "그렇다면 이렇게 해보면 되지 않을까" 하는 대안이 떠오르는 기점이 되기도 하기 때문이다.

사실 최악을 가정했지만 그렇게 될 확률이 높지 않다는 믿음이 있었다. 열 평 남짓한 작은 공간에서 모든 일을 혼자 다 처리해 인건비를 줄였기 때문이다. 또한 내게는 두 번의 회사 생활과 한 번의 협업을 해본 경험이 있었다.

주얼리가 생산돼 소비자에게 가는 과정에서 일어나는 온갖 리스크를 이미 지켜봤기에 혼자 해낼 수 있는 정도의 일이라고 판단했다. 내 이름을 내건 자신감과 확신으로 누니 주얼리의 대표가 됐다.

매일 착용해도 부담 없는
웨딩 밴드

웨딩 주얼리를
데일리로

친구들의 결혼 예물을 상담하며 자주 듣는 말이 있었다. 우리네 결혼 절차에 허례허식이 상당하다는 것. '예단'이라는 명목으로 활용하지도 않을 비싼 노리개와 쌍반지 등을 고집하거나, 여자 반지를 5부 다이아몬드로 선택하면 남자 반지에는 3부가 들어 가거나, 보석을 굳이 세트로 맞추거나 하는 등 이러한 관례가 이해가 안 됐다.

귀금속을 환금성과 떼어놓고 생각하기는 물론 어렵다. 하지만 그것이 결혼 예물을 주고받는 이유가 돼선 곤란하다. 실생활에서 결혼반지를 빼고 지내는 경우가 흔하다고 한다. 아마도 디자인보다 환금성을 우선해 선택하는 이유가 있을 것이다.

누니 주얼리는 '양가의 결합'이라는 미명 아래 추가되는 불필요한 것들을 모두 빼고 필요한 것만 남기기로 했다. 겉치레에 불과하지만 이미 고착화된 것들을 버리기로 한 것이다. 주력하는 품목도 웨딩 밴드로 정했다.

이른바 '거품 없는 예물'로 콘셉트를 정리한 데는 2010년 당시 한국의 사회상도 영향을 미쳤다. 지금도 좀처럼 떨어지지 않듯이 그때도 대한민국의 부동산 가격은 상상을 초월할 정도로 높았다. 결혼을 앞둔 젊은이들이 저마다 한숨지었다. 예비부부 중 상당수가 예단의 가짓수와 금액을 줄이고 이를 부동산에 보태겠다고 결심했다.

결혼이 일생을 함께하겠다는 두 사람의 약속인 만큼 나는 매일 착용해도 부담 없는 웨딩 밴드를 만들고 싶었다. 커플의 언약을 항상 끼고 있는 반지에서 다시 떠올릴 수 있다면 얼마나 낭만적인가. 이를 위해 각자의 손과 조화를 이루도록 '맞춤' 제작은 필수였다.

모든 사람이 각자 고유한 형태의 지문을 갖고 있듯, 제각각 다른 형태의 손을 가지고 있다. 손 크기와 두께, 피부 톤, 손가락의 길이, 손마디의 굵기 등이 모두 다르다.

한 사람의 손에 가장 잘 맞는 반지를 제작하려면 사이즈뿐 아니라 반지의 두께, 색상, 안쪽 면의 모양까지 반드시 고려해야 한다. 게다가 손을 자주 쓰는 사람인지 아닌지에 따라서도 선호하는 디자인과 고려하는 사항이 달라질 수 있다. 웨딩 주얼리에 매진하겠다고 결정하자 예약 시스템을 도입해 커스텀 주얼리 체제로 운영해야겠다는 방침도 자연스럽게 이루어졌다.

누니 주얼리를 오픈한 2011년 10월 17일, 첫 손님은 예약된 고객이 아닌 지나다 우연히 들른 손님이었다. 삼청동에 나들이를 나온 모녀였다. 작은 주얼리 숍을 신기해하던 어머니가 자신의 결혼반지를 들고 몇 시간 뒤 딸과 함께 다시 찾아왔다.

어머니가 결혼할 때 받은 다이아몬드 반지를 새로 디자인해서 딸에게 넘겨주는 풍경은 참으로 훈훈했다. 웨딩반지는 다음 세대에 전해지는 약속이기도 했다. '누니 주얼리'라는 브랜드에서 맞이한 첫 손님이어서 모녀는 오래도록 인상에 남았다.

오픈하고 한동안은 친구들이 고객으로 방문했다. 커플별로 상담 시간이 기본 한 시간 이상은 소요됐다. 상담을 통해 논의한 개별 맞춤 사항을 정리하고 공방에 제작을 의뢰하고, 완성품을 검수한 뒤에 고객에게 최종 전달하는 절차를 진행해야 했다. 거기에 매장 관리와 새로운 디자인 작업도 내 몫이었다.

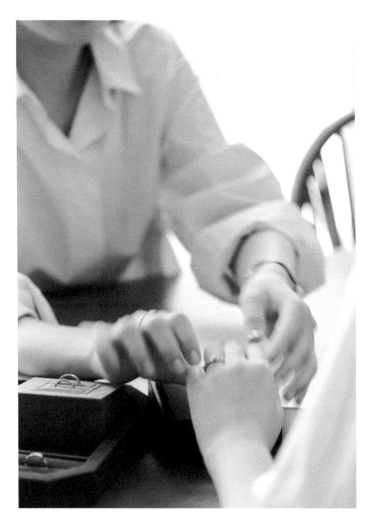

매일 착용해도 부담 없는 웨딩 밴드를 만드는 일. 한 사람의 손과 가장 잘 맞는 반지를 찾아주는 맞춤 제작은 필수였다.

당연히 더 많은 주문을 받을 상황이 아니었다. 이때는 하루 세 팀이 넘지 않도록 상담 스케줄을 짰다. 상담 후 대부분 실제 계약으로 이어졌기에 비교적 안정적인 매출을 기록할 수 있었다. 지인을 중심으로 점차 주변에 알려지면서 누니 스타일이 마음에 든다며 방문하는 이들이 늘어나기 시작했다.

일종의 '취향의 공동체'처럼 손님과 디자이너로 만나 친구가 되는 경우도 자주 있었다. 마음에 맞는 사람들과 만나고 과하지 않게 일하는 것을 즐겼으니 누니 주얼리를 오픈한 초반 무렵엔 내가 꿈꾼 대로 흘러갔다.

하지만 이러한 여유로운 시기는 길게 가지 못했다. 지인에서 지인으로 이어지는 알음알음의 전파력에 막 페이스북이 활발해지던 시기가 겹쳐 홍보가 잘 이루어졌다. 마음이 내킬 때마다 문 앞에 메모지를 꽂아두고 근처 카페에서 차를 마시던 여유로움은 끝나버렸다. 예약을 필수로 내세웠지만 사전 연락 없이 찾아오는 손님도 상당했다. 제주도처럼 먼 곳에서 온 분들도 많아 모두를 응대하기가 어려워졌다.

삼청동 골목 안까지 어렵게 힘들게 찾아온 이들을 제대로 상대하지 못하자 미안했다. 어떤 이는 불같이 화를 내 나를 당혹스럽게 만들었다. 먼 지역에서 방문한 손님이 상담이 불가하자 근처에서 숙박을 하고 이튿날 다시 찾아오기도 했다.

이쯤 되면 매장을 확장할 수밖에 없었다. 공간을 넓히고 직원을 두기로 했다. 브랜드를 확장하려는 야무진 계획이 있었던 건 아니다. 고객의 발길이 이어지면서 자연스럽게 이루어진 결과였다. 삼청동이 여전히 좋았던 나는 근처에서 더 큰 한옥을 찾아다니기 시작했다.

품질을 두고 경쟁하기

매출보다
중요한 것

자연과 가장 닮은 집이 뭐냐고 묻는다면 내 대답은 당연히 나무와 흙, 돌을 주재료로 지은 한옥이다. 산의 능선과 한옥의 처마는 떼어놓고 생각하기 어렵다. 내가 디자인한 주얼리도 자연에서 영감을 얻어 만들었다. 제품이 디스플레이 되는 공간 역시 자연과 어울리기를 바랐다.

 매장 확장을 목적으로 분위기 좋은 한옥을 물색했다. 어느 날 군것질하러 간 곳이 팥죽 가게였다. 삼청동 대로에서 조금 떨어진 곳에 있는 가게는 스물다섯 평 남짓한 한옥이었다. 주인과 얘기를 나누다 그분이 그곳을 처분할 의사가 있다는 걸 우연히 알게 되었다. 부동산 매물 목록에도 올라가 있지 않았던 그곳은 마치 준비된 것처럼 누니 주얼리의 두 번째 스튜디오가 됐다.

그리 널찍한 공간은 아니었지만 필요한 것은 다 갖춘 곳이었다. 브랜드를 알고 찾아오면 어렵지 않게 발견할 수 있는 매장이었다. 인테리어는 한옥의 특징을 해치지 않게 모든 가구와 장비, 컬러, 조명에 꼼꼼하게 신경을 썼다.

첫 매장과는 격이 달랐다. 이전 한옥은 창이 없어 빛이 들어오지 못했는데, 새로운 매장에는 정원 방향으로 큰 창을 내어 쇼룸에 자연광이 들어오게 했다. 자연 채광으로 주얼리를 가장 돋보이게 만들고 싶었다.

KBS에서 누니 주얼리를 촬영해 자연을 닮은 집으로 소개하기도 하고, 드라마에 장소 협찬을 하기도 했다. 한옥이 주얼리 매장으로 쓰인다는 사실이 주목받은 것이다.

누니 주얼리가 이전한 해는 2014년이었다. 처음 문을 열었던 날에서 3년이 지난 시점이었다. 그사이에 여러 일이 있었다. '누니 주얼리'라는 이름은 여전히 아는 사람만 알고 있었다. 그 정도의 인지도만으로도 충분히 만족하던 시절이었다. 고객의 호응을 가늠할 수 있는 매출이 기대 이상이었고, 매장의 확장을 부추길 정도로 브랜드에 대한 입소문이 퍼졌으니 인정받고 있는 셈이었다.

하지만 디자이너로서 스스로를 독려하기 위해 내 디자인 감각에 대해 공식적으로 평가받고 싶었다. "바보야, 문제는 매출이 아니야. 중요한 것은 품질을 두고 경쟁하는 것이라고." 내 안의 내가 중얼거렸다.

그 한 방법이 공모전이다. 경쟁에서 이겨야 인증을 받는다. 공모전만큼 치열한 경쟁의 장도 없을 것이다. 2012년 미국양식진주협회The Cultured Pearl Association of America가 주관하는 국제진주디자인공모전IPDC; International Pearl Design Competition에 출품해 세계 각국의 22명이 선정된 입선자 명단에 들었다.

결과가 아쉬웠지만 연이어 다른 공모전에 도전했다. 그리고 2013년에 이탈리아에서 열린 에이프라임디자인어워드A' Design Award에서 그랑프리 바로 아래인 금상을 받았다.

국제 주얼리 공모전은 전 세계에서 내로라하는 전문가들이 심사를 맡는다. 따라서 심사 과정은 의심할 여지가 없이 엄격하고 까다롭다. 국제 주얼리 공모전에서 두 번 수상하자 웨딩 주얼리 분야에서 내가 구축한 다리가 꽤 튼튼하고 안정적인 것이구나 하고 안도할 수 있었다. 또한 공식적으로 인증을 받은 기분이 들었다.

2016년에 누니 주얼리는 새로운 고비를 넘는다. 2011년 가을에 시작해 삼청동에서 꼬박 6년을 보낸 뒤, 기존의 면모를 바꾸는 전이와 변화를 선택한 것이다. 그 6년의 고심과 궁리 끝에 누니 주얼리를 대표하는 컬렉션인 리프 스루 타임Leap Through Time, 라이크 어 트리Like a Tree, 프롬 더 문From the Moon, 리프Leaf 등이 탄생했다.

거기에는 개인 브랜드를 꾸리기 위해 좌충우돌하던 시절이 담겨 있었다. 그것이 밑거름이 돼 누니 주얼리는 삼청동 시기에 디자이너 브랜드의 성격을 규정하고 특징을 만들었으며, 브랜드의 서사를 구축했다.

새 터전이 된 한남동

한 스텝 더,
새로운 공간으로

2016년 가을이 깊어갈 무렵, 이 시점에 누니 주얼리가 여전히 삼청동에 있어야 하는지 의문이 들었다. 고객이 감당하기 어려울 만큼 늘어나면서 더욱 큰 공간이 필요해졌다. 더구나 삼청동의 분위기와 환경이 달라지고 있었다.

2010년 초반 삼청동이 아기자기한 가게와 갤러리, 한옥이 어우러진 고풍스러운 이색 공간이었다면, 2014년대 중반 삼청동은 키치적 취향이 스며들고 있었다. 출처를 알 수 없는 코스튬 같은 한복이 거리를 메웠고, 관광객이 와자글하게 몰려다녔다.

더욱이 2016년 광화문 광장을 중심으로 촛불시위가 연일 이어질 때는 자유롭게 이동할 수도 없었다. 통제 때문에 매장 직원은 바깥으로 나갈 수 없고, 손님은 매장 안으로 들어올 수 없는 상황이었다. 심지어 직원 대신 경찰이 고객에게 반지를 전달해 주는 일도 있었다. 떠나야 할 때가 됐다. 삼청동 시절이 그렇게 저물어갔다.

결혼이 임박한 커플들이 데이트할 만한 문화 공간이 있는 지역을 고민하다 한남동으로 정했다. 처음 삼청동을 선택했을 때와 마찬가지로 '결혼 예물'이라고 하면 떠오르는 상투적인 지역은 피하고 싶었다.

한남동에는 삼성 리움미술관을 비롯한 굵직한 미술관과 갤러리, 복합문화공간, 플래그십 스토어가 줄지어 있다. 젊은 층의 눈길을 사로잡는 다양한 형태의 편집 숍과 카페 등도 구석구석에 자리하고 있다. 여러 차례 걸으면서 살펴보니 누니 주얼리가 자리 잡기에 손색없는 지역이란 판단이 섰다.

고객 수가 증가함에 따라 매장의 규모도 차근차근 키워갔다. 혹시 더 큰 스튜디오가 필요해질지도 몰라 삼청동 매장은 더 유지하기로 했다. 당분간 누니 주얼리는 한남동과 삼청동, 두 곳에서 고객과 만나게 됐다.

누니 주얼리 한남점 쇼룸.

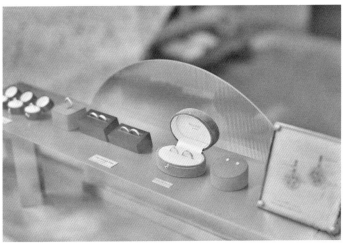

모든 경험은 값지다

모든 판단의 귀착점은 '나'에게 묻는 것이었다.

이 원칙은 어떤 상황에서도 흔들리지 않는 기준이 되었다.

나를 믿고 나아가기 ‥

시간에 맞서지 않고 받아들이는 법

흔들리지 않는 기준점은 '나'

디자이너이자
대표입니다

2017년 10월, 누니 주얼리 한남 본점이 문을 열었다. 홀로 매장에 나와 문을 열고, 짬이 안 나 점심을 거르고, 인사하고 돌아서면 새로운 손님이 기다리던 초창기의 날들에 비해 직원 여러 명을 둔 한남 본점의 첫날은 평온했다.

　그 평온함 속에서도 유난히 반가웠던 순간이 있었다. 길을 지나던 한 분이 문을 열고 들어와 "여기 삼청동에 있던 그곳 아닌가요?" 하고 인사를 건네던 순간이다. 어디에 있든 아는 브랜드는 친구가 된다.

　새 출발에는 근심이 뒤따르나 보다. 첫날부터 보안 시스템에 문제가 생기는 바람에 밤 10시 넘어서까지 퇴근하지 못한 채 혼자 마음을 졸여야 했다. 매장에 홀로 늦게까지 남아 있었던 건 주변 치안이 불안해서가 아니었다. 예전보다 강한 책임의식이 어깨를 짓눌렀기 때문이다.

혼자일 때는 혼자라서 감당해야 할 것이 있고, 여럿일 때는 여럿이어서 책임져야 할 것이 있다. 책임은 책임져야 할 수만큼 불어난다. 혼자서 예약 고객 몇몇만 상대하던 시절은 지났다. 고객이 느는 대로 직원을 충원하다 보니 이제는 서른 명가량이 누니주얼리의 명함을 갖고 일한다.

그사이 내게도 직무가 더해졌다. 이제는 '주얼리 디자이너'이자 '대표'이기도 했다. 둘 중 어느 것이 더 중요하다고 말할 수 없었다. 디자이너와 대표의 역량을 똑같이 키워야만 했다. 디자이너는 브랜드의 활력을 유지하려면 젊은 고객층을 능란하게 이끄는 감각을 갖추어야 한다. 그뿐만이 아니다. 트렌드를 파악하고, 영감을 얻고, 웨딩 밴드의 특성을 살리며, 클래식한 기조를 수립하는 것도 필수다.

하지만 대표가 부리는 솜씨는 이와 다르다. 브랜드를 믿고 구매를 결정하는 고객에 대한 책임감으로 매장과 직원 관리에 성심성의를 다해야 한다. 고객이 편안하게 느낄 응대 방식을 찾아야 하고, 리스크 관리와 홍보에도 두루 애써야 한다. 이런 자질이 한 사람에게 겸비되면 작은 사업체에서는 더할 나위 없이 좋다.

내게는 지나간 경험이 자산이었다. 브랜드 출범 이전부터 디자인과 유통, 고객 응대 등 사업과 관련한 다양한 고민을 내내 해왔다. 디자이너와 대표라는 두 가지 역할과 임무가 적절히 혼재된 채 움직여 온 듯하다.

해야 할 일은 각기 다르지만 대표일 때도, 디자이너일 때도 원칙은 확고했다. '실체가 불분명한 근심거리는 얼씬거리지 못하게 물리친다. 고민은 구체성이 있는 대상으로 좁힌다.' 생기지 않은 일을 미리 걱정하는 것은 하나도 도움이 되지 않았다. 문제가 생겼을 때 그때그때 물 흐르듯 에두르기도, 덮기도, 뛰어넘기도 하며 나아가는 게 훨씬 나았다.

모든 판단의 귀착점은 '나'에게 묻는 것이었다. '나라면 이 제품을 사고 싶을까' '왜 나는 하려고 할까' 등 스스로에게 묻고 스스로가 납득이 돼야만 실행에 나섰다. 설령 어떤 것이 득이 된다고 하더라도 자연스럽지 않은 것에는 결코 무리해서 덤비지 않았다. 나를 믿고 나아가기. 이 원칙은 빠르게 변하는 상황에서도 흔들리지 않는 기준점이 되었다.

'해볼까?'가 아닌 '해야지!'

가격 정찰제로
신뢰를 얻다

대표이자 디자이너로서 내 소신이 강력하게 반영된 매뉴얼이 있다. 바로 커스텀 시스템과 가격 정찰제다. 이는 모두가 고개를 저을 때 혼자서만 그 가치를 믿고 뚝심 있게 밀고 나간 결과물이다. 무언가 하고 싶다는 마음이 들 때, 먼저 '왜?'라는 질문을 스스로에게 던진다.

답이 명료해지면 실행에 옮기기를 주저하지 않는다. 이런 성향 때문에 '해볼까?'가 아니라 '해야지!'라는 답을 얻을 때가 더 많다. 두 가지 매뉴얼도 스스로 던진 질문이 숙성되는 과정을 거쳐 나왔다.

내가 '고객별 맞춤제'가 어떨까 하고 어렴풋이 되뇌고 있을 때, 친분 있는 업계 종사자들의 반응은 시큰둥했다. 비용이 많이 들어 사업 효율성이 떨어진다는 이유에서였다. 그런 상황에서도 나는 맞춤 시스템을 꼭 실현해야겠다고 마음을 굳혔다.

웨딩 밴드는 패션 주얼리와 달리 사용 기간이 그보다 길다. 길게 가자면 우선 피부와 웨딩 밴드의 골드 컬러가 잘 맞아야 한다. 비슷해 보이는 붉은색의 피부도 노란빛이 감도는 붉은 톤, 핑크빛에 가까운 붉은 톤 등 각기 달라서 그에 따라 어울리는 골드 컬러도 달라진다. 형태 또한 사람에 따라 달라질 수밖에 없다.

예를 들면, 손가락이 길고 마디가 두꺼운 사람은 웨딩 밴드의 폭과 두께가 두꺼워야 보정된다. 손가락 길이가 짧다면 폭이 얇아야 어울린다. 이렇게 밴드의 골드 컬러와 폭, 두께, 내부 굴림 등은 사람에 따라 다르다. 이를 따지며 디자인을 고르고 맞추자면, 고객당 상담시간이 최소 한 시간은 필요하다는 계산이 나왔다.

혼자 묻고 답하며 고객의 심중을 헤아리는 과정을 거치고 나니, 다른 이들이 아무리 걱정해도 개의치 않았다. 브랜드의 방향성과 사뭇 맞아떨어진다는 결론을 바탕으로 자신감을 얻었기 때문이다. 그 답을 찾은 이상 나대로 결행하기로 했다.

누니 주얼리의 고객 카드. 누니만의 고객별 맞춤제를 실현하는 첫 단계.

3장

누니 주얼리를 가꿔온 10여 년 동안 수많은 고객을 만났다. 의견이 엇갈리는 대목도 수차례 있었으나, 모두가 하나같이 수긍하고 만족하는 테마가 바로 이런 섬세한 커스텀 시스템이었다.

고객 한 명 한 명과 진지하게 형태와 크기, 두께, 디자인 양식과 질감 등을 논의하는 살가운 대면 방식은 그 어떤 것보다 중요한 주얼리 디자인의 기반이라는 사실을 현장 반응으로 확인받았다. 고객 표정에 드러나는 만족감을 가만히 살펴보며 뿌듯함을 느꼈다. 모두의 우려에도 불구하고 내 판단이 옳았다고 자신한다.

가격 정찰제는 고객에게서 예상외로 좋은 평가를 받은 부문이다. 오래전 일이지만 결혼을 앞둔 친구들이 내게 상담을 요청할 때, 이들이 책정한 웨딩 주얼리, 혹은 예물 예산은 200~300만 원선이었다.

누니 주얼리의 웨딩 밴드 가격도 그 선을 기준으로 잡아 다이아몬드와 골드의 재료를 적절하게 사용하여 제작했다. 고객은 예산에 맞춰 웨딩 밴드를 고를 수 있으니 큰 이점이었다.

고가의 라인도 다양하게 갖추고 있지만 상업 주얼리의 작업 과제 중 하나가 한정된 예산 안에서 최선을 끌어내는 것이다. 그렇기에 디자이너는 세공 기법과 스톤 등에 대한 이해가 공방의 작업자 못지않게 높아야 한다.

제작비와 판매가를 염두에 둔 적실한 디자인 작업은 이미 직업 훈련을 받으며 충분하게 익혔다. 가격 정찰제는 이 과정에서 우러나온 당연한 결론이었다.

누니 주얼리는 예약 전 고객의 편의를 위해 홈페이지와 페이스북 등에 가격을 안내하기 시작했다. 가격 정찰제는 고객들로부터 흡족한 피드백을 받았다. 그러나 웨딩 관련 시장의 실상은 좀 달랐다. 가격을 정확히 고지하는 업체가 전부는 아닌 모양이었다.

이때만 해도 니는 업계에서 정찰제를 실시하지 않는 이유가 금값이나 스톤 가격이 수시로 달라져서 그런 줄로만 알았다. 웨딩 업체들과 연계한 판매나 영업은 하지 않았던 터라 업자들의 속내에 어두운 탓이었다.

나중에야 꼭 그 연유 때문만은 아니라는 사실을 알게 됐다. 직원의 실적을 판매가 조절 능력으로 측정하는 업체도 있다는 얘기를 누군가가 귀띔해주었다. 놀랍게도 같은 제품이라도 손님을 봐가며 더 비싸게 파는 직원이 영업 능력을 인정받는다는 것이다.

동일한 제품을 고객에 따라 다른 값에 판다면 가격 정찰제는 요원한 얘기다. 일부에서 일어난 사례라고 해도 민망한 노릇이다. 이런 시장의 폐단은 근절돼야 한다. 당연한 말이지만 지금 세대는 옛 세대가 아니다. 이른바 MZ 세대가 웨딩 시장의 주요 소비자가 됐다. 이들은 소비를 할 때도 상품을 검색하고 가격을 비교하는 것이 일상인 세대다.

이들에게 '묻지마 가격'이 통할 리 없다. 유통과 가격을 투명하게 공개하고 결정된 가격에 대해서는 납득할 수 있게 설득하는 것이 오히려 효과적이고 마땅한 방식이다. 이런 생각 때문에 가격 정찰제로 고객에게 칭찬을 받을 때마다 머쓱해진다. 당연한 조치를 하는 것뿐이라고 생각하기 때문이다.

이와 관련해 상담 및 판매 직원에게 강조하는 또 하나의 수칙이 있다. '구매를 강권하지 않는 것'이다. 웨딩 밴드 상담에 꽤 긴 시간이 걸리다 보니 일부 고객은 그 정성에 떠밀려 꼭 구매해야 할 것 같은 심리적 압박을 느끼기도 한다. 이때는 자칫하면 판매자의 거드는 한마디조차도 부담을 줄 수 있다. 아무리 친절로 포장해도 간청은 칼날이 된다.

매출은 오롯이 신용이 길러낸 효자다. 황금과 다이아몬드로도

바꿀 수 없는 게 브랜드 이미지다. 매장에서 취하는 현명한 태도
는 이러한 자각에서 나온다고 믿는다. 나는 고객의 진심으로 원
하는 마음에 힘입어 누니 주얼리가 선택되기를 바란다. 가격 정
찰제의 미더운 영향력은 현재 번져나가는 중이다.

정표를 나누는 첫 장소

쇼케이스 정돈도
중요하다

매장 관리는 신경을 많이 써야 하는 분야다. 나는 누니 주얼리가 커플이 데이트를 겸할 수 있는 편안하고 아늑한 공간이었으면 했다. 생경하지 않으면서 가보고 싶은 곳으로 만들고 싶었다. 그것이 내가 바라는 분위기였다.

이를 위해 갖춰야 할 건 비록 자잘해도 알짬이 되는 디테일에 있다고 생각했다. 이를테면 조명과 향이 그에 속한다. 쇼케이스에 있는 주얼리는 진열된 상태에서도, 끄집어낸 상태에서도 제 빛을 띠어야 한다. 그 때문에 조명은 색이나 온도에 맞게 매장별로 신경 써 맞춤 제작을 했다.

향기는 더 미묘하다. 기억을 끌어내는 향기의 효능 때문에 '프루스트 현상'이라는 말이 통용될 정도다. 매장에 들어서는 첫인상에서 향이 차지하는 몫은 상당하다. 인공 향보다는 천연 향을 선택했다. 덕분에 자연에서 온 천연 재료가 매장을 편안한 향으로 감싼다.

지나치기 쉽거나, 보이지 않게 작용하는 요인도 잘 살펴야 한다. 상담 테이블과 쇼케이스의 높이와 각도에 따라 고객과의 소통은 달라진다. 고객과의 거리가 너무 멀지 않으면서도 반지를 보고 얘기하기 좋을 정도의 길이로 제작했다.

상담 요령을 설명하는 안내문은 간단하고 분명하게 만들었다. 단순한 질문들로 고객이 원하는 품목이나 가격, 취향, 성향 등을 파악하다. 웰컴 티는 손님을 맞는 맛이자 멋이다. 사소해 보여도 향이 좋은 웰컴 티를 내었을 때와 그렇지 않았을 때의 차이는 분명 존재한다.

매장 관리의 기본은 청결이다. 상담하는 동안 여러 컬렉션 샘플들을 반복해서 보여주다 보면 쇼케이스가 뒤죽박죽이 되기 일쑤다. 이를 다시 바르게 하고 유리에 남은 흔적을 말끔히 닦는 것, 이런 기본적인 정리만 제대로 해도 매장 관리의 절반 이상은 이룬 셈이다.

매장에 들어섰을 때 있고 없고의 차이가 확연한 것이 음악이다.

음악이 흐를 때는 느끼지 못하는 어색함이 음악이 흐르지 않는 순간 확연하게 드러난다. 그렇다고 음악이 상담을 흔드는 손이 되면 곤란하다. 배경 음악은 듣지 않기 위해 들려주는 음악이라는 말도 있지 않은가. 매장 안에는 가사가 없는 연주곡이 흘러나온다.

삼청동 시절과 달리 이제는 직접 상담에 나서지 않는다. 매장을 슬쩍 지나치다 커플의 모습이 보이면 여전히 기분이 좋다. 디자인하다 막힐 때 마주치면 활력까지 얻는다. 간혹 어질러진 쇼케이스를 정돈한다는 구실로 상담하는 커플들을 일부러 찾아볼 때도 있다.

어느 곳에 가본들 밀물처럼 밀려오는 이런 설렘을 마주하기는 어렵다. 완성된 웨딩 밴드를 찾으러 온 커플들이 짓는 환한 미소는 마치 '천상의 메시지'처럼 황홀하다.

아이러니한 건 또 있다. 커플이 웨딩 밴드를 가장 먼저 껴보는 곳이 어디겠는가. 결혼식장이 아닌 바로 매장이다.

결혼을 약속한 두 사람이 그 정표를 처음으로 나누는 곳이 우리 공간이라는 걸 상기한다면 매장 관리를 결코 소홀히 할 수가 없다. 그들의 얼굴에 어리는 행복을 매일 지켜보는 나는 기쁜 디자인을 하려고 노력할 수밖에 없다.

매장은 편안하고 아늑해야 한다. 누니의 주얼리와 마찬가지로 매장도 자연의 모습을 닮았다.

누니 주얼리 플래그십 스토어

3장

©Studio Sim

나를 믿고 나아가기

사진과 글로 소통하기

온라인
플랫폼에서도
진정성은 통한다

경영자로서 눈여겨봐야 할 분야는 바로 홍보다. 2010년 무렵 주얼리는 대부분 신문이나 패션 잡지에 유료 광고를 싣거나 백화점을 통한 홍보에 주력했다. 그러다 페이스북을 비롯한 SNS가 새로운 광고 플랫폼으로 자리 잡기 시작했다. 초반엔 입소문으로도 하루 예약을 너끈히 채웠다.

그 때문에 적극적인 홍보는 미뤄두었고, 페이스북을 주요 창구로 삼아 조용히 전파했다. 이후 페이스북이 인스타그램을 인수하고, 사진 위주의 인스타그램이 젊은 층에 큰 인기를 끌었다. 나는 현재 이 둘을 홍보 플랫폼으로 가장 즐겨 활용한다.

모든 걸 내 손으로 해야 직성이 풀리는 성격은 아니지만, 사진

만은 예외다. 홈페이지나 SNS에 소개되는 주얼리 사진들은 모델이 등장하는 것을 제외하고는 거의 대부분 직접 찍은 이미지다.

초창기에는 사진뿐 아니라 페이스북과 인스타그램에 게시되는 글들도 다 직접 썼다. 유려한 문장은 구사하지 못해도 내 디자인을 나답게 설명하는 일에서는 스스로가 가장 미더웠기 때문이었다. 부자연스러운 작위를 싫어하다 보니 일종의 '가내 수공업' 같은 홍보를 하게 된 셈이다.

공모전에서 상을 받거나 제품을 새로 출시하거나 백화점에 입점할 때마다 크고 작은 소식을 올렸는데 생각보다 반응이 좋았다. 감사하게도 공모전 수상 소식에 자신의 일처럼 기뻐하는 고객도 많았다. 믿음직한 브랜드의 제품을 선택했다는 마음도 들었을 것 같다. 가식적인 친절이 아니라 가까운 사이처럼 소식을 주고받으며 소통했다.

지금도 온라인으로 고객과 소통을 이어오고 있다. MZ 세대에게는 온라인 소통이 일상이다. 그들이 소비의 중심이 되면서 광고의 양상이 달라지고 있다. 온라인 플랫폼이 광고 시장에서 갖는 힘은 훨씬 커졌다. 딕분에 소규모 개인 브랜드가 살아남을 길도 조금 더 넓어진 게 아닐까 싶다.

변치 않는
아름다움

웨딩 주얼리는 '시간'과 맞닿아 있는 분야다. 두 사람이 함께하기로 결심한 순간, 각자의 시간은 비로소 하나의 시간으로 흘러간다. 이때 웨딩 밴드는 둘에서 하나가 된 증표 역할을 한다. 둘의 사정에 따라 어떤 반지는 금세 약속의 빛을 잃기도 한다. 하지만 더 많은 견고한 약속들이 수십 년의 시간 동안 한 커플의 손에 나란히 머문다. 이따금 이들을 거쳐 다음 세대로 건너가기도 한다.

그래서일까, 다수의 웨딩 주얼리가 '타임리스Timeless'를 표방한다. 웨딩 밴드를 디자인할 때 나는 긴 착용 시간을 염두에 둔다. '타임리스'란 곧 '질리지 않는다'는 말이자 '어느 때 봐도 아름답다'는 뜻이다.

주얼리를 볼 때 맨 먼저 주목하는 건 형태와 볼륨과 색이다. 또 다른 주요한 요소가 숨어 있으니 그것은 질감, 바로 텍스처다. 주얼리에서 텍스처의 종류는 '광光'의 유무에 따라 단순하게 유광과 무광으로 구분할 수 있다.

각기 매력을 지니고 있다고 해도 어느 쪽이든 긴 시간 사용하면 본래의 질감을 유지하기가 쉽지 않다. 그렇다면 오래돼도 주얼리 본연의 아름다움을 유지할 수 있는 방법은 없는 걸까? 나는 깊은 고민에 빠졌고, 그에 관한 연구를 계속 이어갔다.

긴 연구 끝에 찾은 답은 시간에 맞서지 않고 '시간을 받아들이는 쪽'을 택하는 것이었다. 금속 표면에 미리 텍스처를 부여함으로써 일종의 '예정된 흔적'을 새기기로 한 것이다. 나타날 자취는 기어코 나타나기 마련 아닌가.

일찍이 로마 공방에서 파우스토 마리아 프란키 선생의 눈부신 텍스처 작업들을 보았고, 이를 통해 텍스처의 무궁무진한 표현법에 눈을 뜨게 됐다.

하지만 다양한 텍스처 작업이 가능하다고 해서 어떤 것이든 구현할 수 있는 것은 아니다. 상업 주얼리에서 생산성은 중요한 문제였다. 아무리 아름다운 디자인이어도 시간이 너무 많이 걸리거나 생산할 때마다 모양에 차이가 생기는 등의 문제가 발생하면 진행하기 어려웠다.

여러 기법이 동원된 텍스처 작업을 시도하며 나는 치밀하게 디자인된 결은 반지의 질감을 더욱 풍성하게 만든다는 사실을 확인할 수 있었다. 유광이나 무광 마감과 달리 텍스처가 들어간 외피는 이후 외부 자극으로 생긴 흠집까지 자연스럽게 그 안에 녹아든다. 마치 잠재돼 있던 결이 제자리를 잡는 과정처럼 말이다.

주얼리는 시각예술인 동시에 촉각예술이다. 웨딩 밴드는 시각적 아름다움에 더해 촉각으로 느끼는 쾌감을 선사한다. 그런 점에서도 텍스처는 형태와 색채 등과 함께 주얼리 디자인에서 빼놓을 수 없는 요소다.

'텍스처'는 단순히 무늬만을 뜻하지 않는다. 나에겐 '이야기하는 결'이다. 흔히 '감촉'이나 '질감'으로 번역되는 텍스처는 '결'을 지니는데, 이 결이 이야기를 품으면 '무늬'가 된다. 하나의 서사가 막 이루어지려는 조짐이 내가 아로새긴 텍스처에 깃들어 있기를 나는 늘 소망해왔다.

나뭇결을 모티프로 만든 라이크 어 트리. 시간이 만든 흔적까지 텍스처에 녹아들어 한 편의
이야기가 되기를 바라는 마음을 담았다.

하늘과 땅과 사람, 이 세 가지 요소는 우주를 이루는 근본이라고 배웠다. 세 가지 요소 모두에 무늬가 있다. 하늘의 무늬는 해와 달과 별이 빛내고, 땅의 무늬는 산과 강, 나무와 풀이 빚는다.

사람의 무늬는 심정으로 드러난다. 그뿐이겠는가. 사람이 발붙이고 사는 곳곳을 '터'라고 한다. 발길이 닿는 터마다 무늬가 새겨진다. 그것이 '터무니'라고 주장하는 전문가도 있다. 그래서 터무니없으면 아무런 근거도 쓸모도 없어진다.

인간과 자연을 감싸는 모든 결에서 이야기의 꽃이 피어나는 이 놀라운 실마리를 나는 디자인하며 늘 붙들고 산다. 나는 질감 있는 이야기를 들려주고 싶다.

3장

열매를 거두려면

표절과의
전쟁을 치르다

누니 주얼리의 컬렉션은 하나같이 곡절을 겪고 태어났다. 일상 속을 거닐거나 책상에 앉아 각 잡고 공부하면서도 희부연 아이디어를 붙들고 살았다. 애를 태워도 아이디어는 좀체 온몸을 보여주지 않는다. 꼬리를 더듬고 머리채를 휘어잡기까지, 끙끙대는 시간이 길어진다.

아이디어가 구체화돼도 그것을 실제로 만들어야 할 이유가 무엇인지를 또 꼼꼼히 따진다. 그 이유에 걸맞은 형태를 고민한 뒤에야 밑그림을 그리기 시작한다. 이를 가장 잘 구현할 텍스처는 비유하자면 '됨됨이'와 같다. '부드럽다' '너그럽다' '화려하다' '우아하다' 등의 성품이 텍스처에 스며든다.

이런 과정은 모든 주얼리 제품을 선보이기까지 필수적으로 거친다. 주얼리를 디자인하는 과정은 때론 지난하고 때론 흥미롭다. 이 시간에 대해 불평을 쏟아낸다면 디자이너로서는 자격 미달이다.

시간을 이야기할 때 정작 짚고 넘어갈 문제는 따로 있다. 이 모든 수고를 건너뛰고 다른 이가 기르고 거둔 열매를 냉큼 취하려는 사람들이 있다는 사실이다.

안타깝게도 누니 주얼리의 역사는 '표절과의 전쟁'과 거의 같이 해 왔다고 해도 과언이 아니다. 삼청동에 첫 문을 연 지 얼마 지나지 않았을 때였다. 하루 서너 팀 정도의 예약 손님을 혼자서 받고 있던 초창기, 여느 때처럼 가게 문을 잠시 닫아 두고 차를 마시러 간 적이 있었다.

카페에서 잡지를 뒤적이며 여유로운 한때를 보내는 것도 잠시, 광고 하나가 눈에 들어왔다. 나뭇결을 모티프로 한 웨딩 주얼리 광고였다. 누니의 시그니처 컬렉션인 '라이크 어 트리'와 분명 똑같은 디자인이었다.

컬렉션 이름은 독일어였지만, 나는 그것이 어느 업체에서 만들어진 건지 금방 알아챘다. 이제 막 걸음마를 뗀 누니 주얼리와는 규모에서부터 차이가 나는 곳이었다. 보란 듯이 베낀 제품을 발견하자 저절로 맥이 풀렸다.

누니 주얼리를 시작하기 전에 개인 브랜드를 운영한 경험이 있었음에도 저작권 보호에 신경을 쓰지 못했다. 하나의 디자인이 완성되면 디자인 등록을 즉각 해두어야 한다는 사실을 나는 그때까지 정확히 알지 못했다.

삼청동 한적한 곳에서 일에만 몰두하며 순진하게 보내던 시간은 끝났다. 이제는 달라져야 했다. 나는 지인 소개로 이름만 들어도 알 만한, 대한민국에서 내로라하는 변호사 사무실을 찾아갔다. 자초지종을 들은 변호사는 소송에서 이길 확률이 없다며 해당 업체가 그 디자인을 사용하지 않게 설득해보라고 조언했다.

그는 변호사의 역할은 분쟁에서 이기는 것뿐만 아니라 설득을 통해 싸움이 일어나지 않도록 하는 것이기도 하다고 말했다. 일리가 있는 말이었지만, 일을 그런 방식으로 마무리할 수는 없었다. 나는 곧바로 저작권을 대리하는 변리사를 찾았다.

이후에야 알게 됐다. 해당 업체보다 먼저 디자인했다는 사실을 증명하면 기존 등록이 취소된다는 것을. 분주히 뛰어다니며 알아보고 조치한 덕에 해당 디자인 등록은 결국 취소됐다. 그것으로 다 끝난 게 아니었다.

놀라운 일이 더 생겼다. 주얼리 업계에서 만난 지인이 이후 문제의 업체에 입사한 뒤 내게 연락을 해왔다. 그가 "이번엔 '프롬 더 문'을 따라 하려고 하니 조심하라"고 귀띔을 해줬다. 원작자로서 화가 났고 어이가 없었다. 그러고는 이내 허탈해졌다.

이것은 시작에 불과했다. 지방의 작은 가게에서 유사한 디자인을 판다는 제보를 잇달아 받았다. 그때마다 내용증명을 보냈다. 그들의 답변은 한결같았다. "우린 그냥 도매처에서 받았을 뿐이에요." 알고 보니 서울의 도매업체들이 유사하게 제작한 다음 곳곳의 소매상에 판매하고 있었다. 이때의 일을 교훈 삼아 나는 매번 디자인이 나오는 대로 등록을 미루지 않는다.

흔치는 않지만 이와 관련해 예약을 취소하는 고객도 있었다. 누니 주얼리에서 예약을 결정한 뒤에 카피 제품을 판매하는 주얼리 숍을 방문했는데, 거기에서 비슷한 게 저렴한 값에 팔리고 있어 그걸로 정했다는 것이다. 심지어 모조품을 사서 착용하다 이와 어울리는 레이어드 링을 구매하려고 누니 주얼리를 방문한 고객도 있었다.

오리지널과 다른 퀄리티에 모조를 알아본 매장 직원은 구입처를 물었고 고객은 다른 데서 저렴한 가격에 혹해 구매했지만 지금은 후회한다고 말하며 반지 낀 손을 감췄다.

　고객의 선택을 가타부타 말하기 어렵다. 저작권은 판매자와 구매자가 함께 인식해야 효력이 발생한다. 표절 사실이 분명해도 버젓이 통용되는 풍토가 몹시 애석하다.

　표절이 의심될 때 취할 수 있는 행동은 고작 내용증명을 보내는 것뿐이다(이 수고와 스트레스에는 보상도 없다). 이런 무력감을 느끼는 디자이너들이 나 말고도 많으리라. 사실 웨딩 주얼리 시장에서 모작이 횡행하는 풍토는 하루 이틀 새 벌어진 일이 아니다. 피해는 소비자에게도 돌아간다. 카피 제품을 알아보지 못하고 사는 경우도 생긴다.

　이 악습을 물리치는 데 소비자의 안목이 큰 몫을 차지한다. 안목이란 그물코가 촘촘한 채로 잡티를 골라내는 능력이다. 가치를 결정적으로 가르는 경계가 곧 뉘앙스다. 진품과 모조품을 가르는 미묘한 차이를 세세하게 따지고 꼼꼼하게 견주면 소비자의 눈에도 뉘앙스가 들어올 것이다.

　디자이너는 어떤가. 모름지기 더 많이 겪고, 더 많이 읽고, 더 많이 사유하고, 더 많이 점검해야 한다. 바탕이 굳건한 디자이너는 남의 것을 따라 하지 않는다. 내 것을 더 자신 있게 여긴다.

나는 평소 담담하고 평온한 상태를 선호하지만, 마음 깊은 곳
에는 '깡'(다른 말로 '록 스피릿')이 도사리고 있다. 아니다 싶은 일과
마주하면 대차게 나간다. 주얼리 디자이너로서, 또한 브랜드의
대표로서 업계 내에서 흔히 이뤄지는 표절이나 모방은 용납하
기 어려운 행태였다.

그렇기에 설득하고 회유하라는 변호사의 권유보다 내 발로
뛰어 대응하는 편을 찾았다. 그러나 법적 대응은 마스터키가 아
니다. 누니 주얼리가 쟁취할 조건이 따로 있다고 생각했다. 바로
흔들어도 흔들리지 않는 '브랜드의 힘'을 갖추는 것이었다.

웨딩 플래너의 안내에 따라 예식장은 물론이고 스튜디오 촬
영, 드레스, 헤어 메이크업, 웨딩 밴드 등을 일괄적으로 진행하
는 사람이 많다. 인기를 끈 스몰 웨딩과 함께 단출하게 치르는
웨딩이 하나의 문화로 자리를 잡으면서 예비 부부 스스로 정보
를 찾는 일도 드물지 않다. 속칭 '스드메'(스튜디오·드레스·메이크
업)만 웨딩 플래너에게 맡기고 웨딩 밴드는 직접 고르는 이들이
늘면서 '웨딩 밴드 투어'에 나서는 사례도 증가했다.

이 과정에서 누니 주얼리를 찾는 커플들이 눈에 띄게 늘었다.
직접이든 간접이든 상담해본 사례가 퍼져나가 알음알음으로 찾

는 발길이 잦아졌다. 하지만 살펴보면 볼수록 미흡한 고리들이 나타났다. '누니 주얼리'라는 브랜드에 대한 고유한 각인이랄까, 더 광범위한 지지가 필요했다. 이런 고민을 하고 있을 때쯤 대형 백화점 쪽과 업무 관련 미팅이 잡혔다.

두 가지 조건을 내걸다   # 브랜드의 힘

한남 본점이 문을 열고 얼마 지나지 않은 겨울 어느 날, 현대백
화점 MD(Merchandiser; 유통업에서 상품 구성 계획을 담당하는 스페셜리스트)
에게서 연락이 왔다. 편집숍 혹은 기프트숍에 입점하지 않겠느
냐는 내용이었다.

    담당 MD를 만나 의견을 나누다 이야기 방향이 달라졌다. 누
니 주얼리의 정식 매장을 현대백화점에 내는 것으로 가닥이 잡
힌 것이다. 백화점 MD의 업무는 다양하지만 그중 주된 업무는
신규 브랜드의 입점을 결정하는 일이다.

    백화점은 새로운 브랜드 발굴에 사활을 건다. 다양한 제품을
색다르게 선보여야 그에 맞는 고객이 새로 유입되고 구매층이

확대되기 때문이다.

백화점에서 주얼리 매장의 분포는 어떠할까. 명품 브랜드와 몇몇 국내외 대형 액세서리 브랜드 외에 신생 브랜드를 찾아보기는 쉽지 않다. 자기 색을 가진 개인 브랜드가 전혀 없는 것은 아니지만, 백화점에 입점할 만큼의 규모를 갖춘 곳은 흔치 않다.

그런 점에서 MD의 눈에 들었다는 것은 누니 주얼리가 신생 브랜드로서 백화점 안에 자리를 내줘도 손색없을 만큼의 자격을 얻었다는 방증 같아서 흐뭇했다. 브랜드 힘을 키우는 데 백화점 입점은 도움이 된다.

누니 주얼리 초창기부터 시작된 표절 관련 사건은 줄어들 줄을 몰랐고, 발견 즉시 법적 제재를 가하는 것도 한계가 있었다. 게다가 약간의 변형을 가해 모방할 경우 표절 여부를 가려내기가 어려웠다. 저작 권리의 주체를 일일이 따지는 일도 피곤했다.

고객에게 내 디자인의 고유성을 강조하고 각인하려면 결국 브랜드 인지도를 높이는 길이 상책이라는 판단이 들었다. 백화점은 만물상처럼 많은 브랜드를 진열하고 있다. 그래도 검증되지 않은 브랜드에 자리를 내주진 않는다. 그린 점에서 백화점 입점은 그 자체로 고객에게 신뢰를 얻는 부표가 된다.

한 가지 풀어야 할 문제는 입점 조건이었다. 백화점 측에 두 가지 조건을 내걸었다. 첫째 조건은 부티크 매장에 자리를 내어 달라는 것이었고, 둘째 조건은 예약제 운영이 가능해야 한다는 것이었다.

프랑스어로 '작은 점포'를 뜻하는 부티크Boutique는 백화점 안에 위치하지만 벽으로 다른 브랜드와 분리돼 단독으로 공간이 마련된 점포를 말한다. 이러한 공간에는 이른바 명품이 주로 입점해 있고, 국내 브랜드나 인지도가 낮은 브랜드는 들어가기가 어렵다.

논의를 할 때 가장 난제가 된 부분이 부티크 매장이었다. 백화점 측은 난감한 기색이 역력했다. 여느 지점보다 매출이 높기로 소문난 판교점에 팝업 형태로 아일랜드 매장을 여는 것을 대안으로 제시하기도 했다.

하지만 제시한 두 가지 조건은 누니 주얼리의 커스텀 시스템을 유지하기 위한 선결조항이었다. 백화점 중간중간에 오픈된 공간에다 진열장을 만들어 운영하는 아일랜드 매장은 곤란했다. 고객당 한 시간 가까운 시간을 집중해서 상담하기엔 방해 요소가 많은 구조이기 때문이다.

백화점이라는 곳이 말 그대로 '대규모 종합 상점'이라 오가는 이를 특정하기가 어렵고, 그 수도 종잡을 수 없다는 점이 누니의 커스텀 시스템과 어울리지 않았다. 공간의 특성을 고려해 일반 고객을 응대하되, 한남 본점과 동일한 형태의 예약제 병행도 인정해주기를 바랐다. 결국 백화점에서 두 가지 조건을 모두 받아들였다.

누니 주얼리는 2018년 3월, 현대백화점 천호점 1층에 부티크 매장을 열었다. 결과는 성공적이었다. 부티크를 고집하는 내 생각에 담당 MD와 관련 부서의 책임자 등 모든 분들이 동의해준 게 고마웠다. 마침 매장을 새 단장하던 천호점에서 내 제안을 긍정적으로 검토하면서 부티크 입점이 결정됐다.

천호점을 열며 신규 고객이 폭발적으로 늘어날 것이라고 기대하진 않았지만, 새로운 고객을 만날 수 있을 것이란 희망이 컸다. 멤버십 고객은 물론이고 VIP까지, 백화점이 이미 확보하고 있는 고객 수가 상당했기 때문이다. 오픈을 하자 백화점 측은 SNS에 소식을 올리거나 VIP에게 별도 안내문을 발송하는 등 홍보에 신경을 써주었다. 누니의 새로운 시작이었다.

돼야 할 일은 되고야 만다

백화점
부티크 매장

천호점의 첫날은 신기했다. 천호동에서 유일한 백화점이었던 현대백화점은 내가 가까운 곳에 살아서 수시로 찾던 공간이었다. 그곳에 내 이름을 건 브랜드로 부티크를 냈다는 사실이 뿌듯했다.

천호점은 누니의 기존 매장과 달리 백화점 부티크라는 차별점이 뚜렷했다. 기존 매장은 브랜드를 알고 찾아오는 고객이 대부분이었지만 백화점은 길을 지나다 들른 고객이 더 많았다. 웨딩뿐 아니라 패션 제품이나 파인 주얼리를 찾는 고객도 많아 고객층이 더욱 다양했다.

그렇다고 누니 주얼리 특유의 이미지가 흔들리지는 않았다.

누니의 새로운 출발을 알린 현대백화점 천호점 부티크. 한옥 창살 형태를 접목하고 우드 톤으로 맞추니 누니의 출발이었던 삼청동 매장과도 자연스럽게 연결됐다.

심유진 건축가가 인테리어를 맡아 공간 전반을 우드 톤으로 정리하고, 한옥 창살 형태를 접목하여 누니가 출발한 삼청동의 색채를 더해 유기성을 살렸다.

　오픈 첫날, 기분 좋은 얼떨떨함을 비집고 한 줄기 걱정이 뇌리를 스쳤다. 그날 오후까지도 매출 실적이 '제로'였던 것이다. 누니 주얼리의 입점을 이끈 MD에게서 전화가 왔다. "저희, 괜찮은 거죠?" 근심이 가득한 목소리였다.

　나는 애써 담담한 척했다. "염려하지 마세요." 하지만 마음속에서는 우려가 몽글몽글 자라고 있던 터였다. 그날 뒤늦게 한 건의 매출이 발생했다. 그 고객은 아버지였다. 아버지는 딸이 백화점 매장을 연 기념으로 목걸이를 구매했다.

　걱정은 이틀 만에 막을 내렸다. 현대백화점에 매장을 새로 연다는 소식은 오픈일에 SNS를 통해 처음 알렸는데, 다행스럽게도 바로 예약이 들어오기 시작했다. 커스텀을 기본으로 하는 만큼 상담 예약은 곧 매출을 가늠하는 기준이 된다. 예약 상황을 보니 마음이 좀 놓였다. 본점 예약 건수 못지않았다. 일부러 천호점을 찾아오는 이들도 적지 않았다.

　SNS에는 제대로 모습을 갖춘 후 공개하는 게 좋을 거라고 판단해 오픈일까지 소식을 공개하지 않았는데 혹 사전 안내를 했더라면 이틀간의 조마조마함은 겪지 않아도 됐을까. 하지만 경험해볼 만한 초조함이었다고 생각한다. 첫술에 배부르면 더 먹고 싶은 맘이 가시는 법이니까 말이다.

비상한 결단

어디에서도
누니의 원칙

현대백화점에서 누니 주얼리가 성과를 올리자 다른 백화점에서
도 연락이 왔다. 하지만 입점에 관한 논의는 모두 불발이었다.
내가 원한 조건, 즉 부티크 매장과 예약제 때문이었다. 특히 부
티크가 걸림돌로 작용해 대부분의 MD가 난색을 보였다.

긍정적인 MD를 만났다고 하더라도 그다음 결재 단계에서 부
정적인 답변이 돌아왔다. 부티크 매장과 예약제가 내겐 양보할
수 없는 사항이었지만, 백화점 입장에서는 받아들이기 힘든 조
건이라는 사실을 다시금 알게 됐다.

현대백화점의 결정이 새삼 놀랍게 느껴졌다. 하지만 돼야 할
일은 되고야 말지 않은가. 천호점이 문을 연 이듬해 2019년, 누

누니 주얼리 현대백화점 무역센터점.

니 주얼리의 백화점 부티크 매장이 하나 더 늘었다. 이번에는 현대백화점 무역센터점 2층, 명품관이 자리 잡은 곳이었다.

같은 백화점이라고 해도 지점마다 고객 성향이 딴판이다. 무역센터점은 소비 패턴이 삼청동과 한남동, 천호동 등 기존의 소비 패턴과 달랐다. 무엇보다 브랜드의 인력引力이 강했다. 천호점은 예약 건수가 적은 대신 상담 후 구매율이 높았다. 하지만 무역센터점은 천호점에 비해 구매율이 저조해도 상담 건수는 월등히 많았다.

무역센터점은 매장의 위치가 다른 주얼리 업체들과 가깝다. 또한 까르띠에, 불가리, 티파니와 같은 웨딩 주얼리를 다루는 명품 브랜드가 백화점에 입점해 있어 선택지가 다양한 것도 영향을 미쳤다.

덕분에 명품 브랜드를 보러 오는 김에 누니에도 상담을 잡아 비교 견적을 내는 고객도 많아졌다. 상담 후 바로 구매가 이어지지 않는다고 해서 근심할 일은 아니다. 잠재 고객을 확보하고 각양각색의 고객층과 만나는 것도 중요한 일이기 때문이다.

무역센터점은 누니 브랜드의 고객층을 확장할 수 있는 가능성을 보여주었다. 나아가서 브랜드 점유율을 키우는 게 후일의 과제임을 깨닫게 했다.

현대와 맺은 인연은 이후 더현대 서울 입점으로 이어졌다. 2021년 2월, 여의도 파크원에 문을 연 더현대 서울 2층에 누니 주얼리를 선보였다. 백화점은 젊은 고객층을 유입하기 위해 신선한 브랜드를 원했는데 그런 점에서 누니 주얼리는 잘 맞았다.

입점 당시는 코로나19 팬데믹으로 소비 시장이 급격하게 위축되던 시기였다. 누니 주얼리는 경제가 악화일로를 걷던 2020년에도 주얼리 업계 전반이 불황을 겪었던 것과 달리 비교적 평온하게 고비를 넘겼다.

오프라인 소비가 줄어든 판국에 매장을 더 낸다고 하니 이곳저곳에서 걱정하는 소리가 들려왔다. 매장을 확장하는 데는 비상한 결단이 필요했다. 이 상황에서 확장하는 것이 옳은 선택일까? 밤잠을 설치며 나 자신에게 묻고 또 물었다.

그런 나를 현대 측은 꽤 오래, 꾸준히 설득했다. 현실이 짓누른다고 움츠리는 것은 잠시 연명하는 미봉책일 뿐이라고 생각했다. 이때 필요한 마음가짐은 '기세등등'뿐이다. 쪼그라들기보다 치받고 나아가기. 제대로 살아남는 길은 거기서 열린다.

결국 세부 조건을 조정해가며 현대와 다시 함께하기로 결정했다. 몇 해 전만 해도 부티크 매장을 내주니 마니 하는 문제로 옥신각신했었는데, 짧은 기간에 브랜드에 대한 의심을 서로 떨

처낸 것 같아 협의 과정은 뿌듯했다.

더현대 서울은 오픈과 함께 언론과 대중의 폭발적인 관심을 받았다. 거의 매일 스포트라이트가 쏟아졌다. 기사에 따르면, 오픈 100일간의 누적 매출액이 2,500억 원을 육박했다.

그야말로 흥행 성공이었다. 팬데믹이 여전한 가운데 거둔 성과라 화제성은 갈수록 증폭됐다. 누니도 당연히 상승기류를 타면서 만족할 만한 성과를 올렸다.

더현대 서울은 연인의 데이트 코스로 인기를 끌었다. 연인들은 기다렸다는 듯 더현대를 찾았다. 더현대는 도시 속의 정원이자 정원 속의 도시 같다. 여유롭게 거닐다 보면 누니의 매장을 길목에서 자연스럽게 마주칠 수 있다.

그래서 백화점의 부속 매장이 아닌, 단독 매장답게 꾸몄다. 누니의 고객 맞춤 매뉴얼은 더현대에서도 여전히 지속됐다. 고객의 시간을 우선시하고 전심전력을 다하는 커스텀 과정이 누니를 누니답게 하는 브랜드의 힘이다.

이곳에서는 천호점이나 무역센터점보다 더욱 폭넓게 고객을 만날 수 있었다. 성별, 세대별, 계층별 구분 없이 '거의 모든' 고객을 마주하는 곳이 더현대 서울이다. 현대백화점의 '여의도 지점'이 아니라 그 자체가 랜드마크로 자리매김하면서 어느 지역에서든 고객이 찾아오는 명소가 됐다.

더현대는 서울로 여행을 온 국내 여행객이 시간을 쪼개 들르는 곳 중 하나가 되면서 지방 고객과도 더 자주 만날 수 있다는 이점을 갖는다. 가까운 곳에 고급 호텔이 위치한 것도 멀리서 온 고객을 만나는 데 유리했다.

결혼을 앞둔 커플이 아닌 이들에게는 누니 주얼리가 낯선 브랜드였지만, 더현대 서울은 그런 먼 이웃과도 인사를 나누게 했다.

더현대 서울에 입점한 누니 주얼리.

©Studio Sim

나를 믿고 나아가기

도전하고 탐구하고 고심하는
디자이너의 루틴을 지켜가는 일.

찬찬히, 그러나 단단하게 ..

가장 아름다운 하나를 얻기 위해

누니의 대표 컬렉션

손이 짓는
다섯 개의 이야기

주얼리 디자이너가 영감을 얻는 매개체는 다양하다. 사람에서 촉발할 수도 있고 건축, 그림, 조각 같은 시각 매체에서 영향을 받기도 한다. 영화, 음악, 문학, 연극 등 예술 분야에서 비롯되는 경우도 있지만, 사랑 혹은 슬픔 같은 감정에서 아이디어가 나오기도 한다.

내게 영감을 가장 많이 주는 것은 뭐니 뭐니 해도 '자연'이다. 나무 잎사귀 한 장과 하늘의 별빛 한 줄기는 오만 가지 상념에 휩싸이게 한다. 달과 토성 등 우주 공간으로 나아가면 상상은 끝없이 이어진다. 우리를 둘러싼 자연은 곳곳에 디자인의 실마리가 숨어 있다.

나는 자연에서 얻은 아이디어를 어떻게 하면 텍스처 작업을 통해 주얼리에 표현해낼 수 있을지, 그 방법을 모색하는 데 긴 시간 공을 들이는 편이다. 누군가 누니 주얼리만의 특성을 꼬집어 묻는다면 나는 '텍스처로 재해석한 자연의 한 조각'이라고 대답할 것이다.

대표로서 또 디자이너로서 스스로에게 가장 자주 하는 질문은 '왜'다. 왜 이 시스템으로 운영하고 싶은지, 왜 이 디자인을 해야 하는지, 좀 더 쉬운 방법을 쓰지 않고 왜 이 방식을 고수하려고 하는지, 매 순간 궁구한다.

홈페이지나 SNS를 통해 컬렉션을 소개할 때는 이미지 정보만 주지 않고 컬렉션과 해당 디자인의 의미를 함께 서술해왔다. 단순히 눈맛을 주는 아름다움이 아니라, 그 바탕에 어떤 의미가 있고, 왜 그렇게 만들었는지, 단계별로 계속해서 고민해온 흔적을 전하고 싶어서다.

주얼리 디자인이 추구하는 목표가 아름다움이라는 사실은 의심의 여지가 없다. 하지만 나는 아름다움 그 아래 층층이 서사가 떠받치고 있기를 바란다.

현재 누니 주얼리의 컬렉션은 10여 종이다. 그 가운데서 누니의 대표 컬렉션 5종을 소개한다.

1. LEAP THROUGH TIME

'누니 주얼리'라는 이름으로 가장 먼저 디자인한 컬렉션은 리프 스루 타임Leap Through Time으로 '시간을 넘어서'라는 의미다. 이 컬렉션은 커플의 사랑이 영원에 가닿기를 염원하는 마음에서 디자인했다. 웨딩 밴드의 의미에 충실한 이름을 가진 이 컬렉션은 앤티크 주얼리 기법을 적극 활용함으로써 '시간을 넘는' 체감을 주고자 했다.

리프 스루 타임에 쓰인 전통 기법은 밀그레인Milgrain이다. 프랑스어로 '천 개의 곡물Mille-grain'을 뜻하는 밀그레인은 곡물 씨앗을 연상케 하는 문양이 연속적으로 이어지는 형태로, 고대 이집트에서 처음 시작해 메소포타미아, 그리스를 거쳐 현재까지 전해지는 유서 깊은 기법이다. 웨딩 밴드 디자인을 대표하다시피 하는 밀그레인은 유행을 크게 타지 않고 클래식한 디자인으로 꾸준히 사랑받고 있다.

연속무늬를 고르게 내기 위해 기계 세공을 주로 하는 요즘의 밀그레인과 달리 리프 스루 타임은 전통 그대로 수작업을 고수한다. 기계는 고르고 정확한 형태를 만들어낸다는 장점이 있다. 반면 손으로 한땀 한땀 새긴 무늬에는 약간의 불규칙한 리듬이

리프 스루 타임. 곡물 씨앗을 연상하게 하는 문양이 연속적으로 이어지는 형태가 특징이다.

드러난다. 이 리듬에 시간을 넘나드는 아름다움이 스며든다고 생각한다.

　망치로 금속 표면을 두드려 입체감을 살리고 다시 손으로 자연스럽게 이어지는 작업을 더하면 기계적인 균제均齊와 구별되는 색다른 느낌이 부각된다. 이렇게 작업한 링 위아래에 핸드 밀그레인 기법을 적용한 띠로 마무리하는 리프 스루 타임은 기본 형태를 바탕으로 섬세한 변주를 가미한 컬렉션도 선보이고 있다.

하나하나 수작업으로 다듬어주어야 불규칙한 아름다움을 살릴 수 있다.

2. LIKE A TREE

리프 스루 타임이 누니 주얼리의 첫걸음을 열었다면, 라이크 어 트리Like a Tree는 누니 주얼리가 성장하는 데 디딤돌이 된 컬렉션이다. 라이크 어 트리는 '관계'에 주목해 만든 결과물이다.

결혼 주례사에서 흔히 쓰이는 "비가 오나 눈이 오나"라는 말은 '어떤 고난이나 어려움이 있어도 언제나 한결같이'라는 의미로, 결혼 생활에 대한 부부의 마음가짐을 강조하는 표현이다. 그렇다면 고난과 어려움 가운데서도 언제나 한결같은 관계, 혹은 그러한 존재에는 어떤 것이 있을까?

이에 대해 생각하다 떠올린 이미지가 바로 나무였다. 나무가 눈과 비, 바람 같은 외부 압력을 묵묵히 견디며 오랜 시간 한자리에 존재하는 생명체이기 때문이었다. 어린 시절 읽었던 쉘 실버스타인의 《아낌없이 주는 나무》는 감동이 여전히 깊다. 떡잎에서 그루터기가 될 때까지 나무는 모든 것을 내준다. 속담처럼 마지막까지 산을 지키는 것은 굽은 나무가 아닌가.

라이크 어 트리는 웨딩 밴드를 나눠 낀 두 사람이 '나무처럼' 한결같은 모습으로 관계를 지키고 키워나가길 바라는 마음에서 디자인한 컬렉션이다. 오래전 싸이월드에서 친한 친구가 자신

라이크 어 트리. 최적의 텍스처를 찾아가는 수많은 여정을 통해 탄생했다.

나뭇결 텍스처를 아름답게 담아낸 라이크 어 트리.

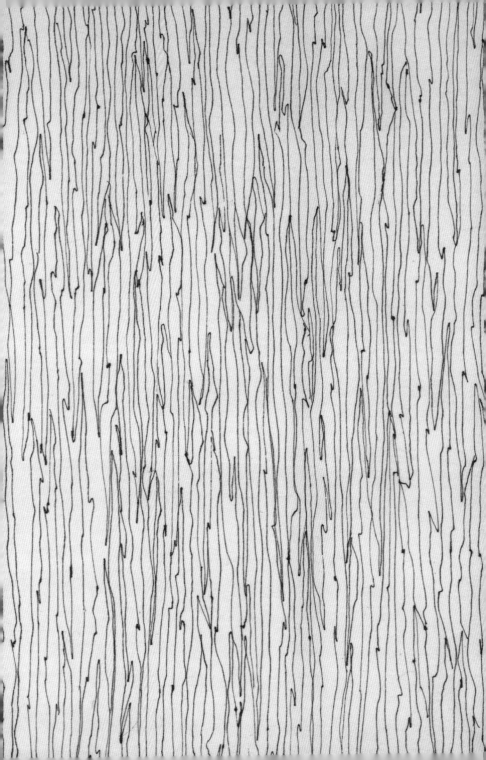

의 남자 친구를 '나무 같은 당신'이라고 칭한 걸 본 적이 있는데, 이 표현이 나무 모티프를 떠올리는 데 영향을 준 것인지도 모르겠다. 나무의 특성이 '한결같이, 오래'라고 생각한다면 라이크 어 트리 역시 '관계'는 물론이고 '시간'의 의미를 응축한 컬렉션이라고 할 수 있다.

라이크 어 트리를 디자인하며 어떻게 하면 나무가 가진 '의미'를 반지에 담아낼 수 있을지 고민했다. 반지에 나무의 특성을 접목하는 방법은 형태를 본뜨는 등 여러 가지가 있겠지만, 내가 선택한 것은 텍스처 작업이었다.

나무껍질의 결을 살려 텍스처 작업을 한다면 단순하지만 명확하게 나무를 표현할 수 있을 듯했다. 하지만 메타세쿼이아, 플라타너스, 자작나무, 느티나무 등 나무 종류에 따라 수피는 제각각이기 마련이다.

또한 손가락에 끼웠을 때 나무 고유의 아름다운 텍스처가 자연스럽게 어우러지는 게 가장 중요했다. 그렇기에 자연스럽게 어울릴 수 있는 나뭇결다운 나뭇결을 표현하기 위해 여러 번에 걸쳐 텍스처 실험을 했고, 끈질긴 탐구 끝에 그 자체로 나무를 상징할 만한 가장 적실한 텍스처를 찾아낼 수 있었다.

텍스처 효과가 들어간 채로 제작된 반지를 최종 마무리하는 과정에서 수작업으로 한 번 더 결을 깎아낸다. 섬세함을 더한 라이크 어 트리는 누니 주얼리가 문을 연 2011년부터 현재까지 가장 꾸준히 사랑받는 컬렉션이다.

하지만 이 라인을 멀리하고 싶어 한 이들이 있었으니, 바로 공방 작업자들이었다. 당시만 해도 웨딩 주얼리에 텍스처 작업을 부가하는 건 생소한 일이었다. 정작 작업을 꺼리는 주된 이유는 따로 있었다. 텍스처 작업이 단번에 마무리되지 않고 여러 단계에 걸쳐 거듭되기 때문이었다. 원하는 디자인을 얻으려면 만드는 이들을 설득할 수밖에 없었다. 수차례 설득 끝에 결국 완성해냈다.

까다롭고 꼼꼼하게 진행된 작업 덕분인지 라이크 어 트리는 '시간을 가장 잘 받아들이는' 디자인이 됐다. 나는 제품이 완성되면 시험 삼아 이를 착용해보곤 하는데, 생활 중에 간간이 생기는 흠집이 반지에 있던 원래 결과 맞물리며 자연스레 반지 안에 스며드는 것을 직접 눈으로 확인할 수 있었다(생활을 해가며 점검하는 것은 시간이 많이 들기 때문에 반지가 마모됐을 때 변화를 살피기 위해 별도 테스트를 통해 알아내는 경우가 대부분이다).

라이크 어 트리는 합금과 다이아몬드를 활용해 색상과 디자인 구성을 꾸준히 변주하고 있다. 다른 색상의 골드 띠를 위아래 가장자리에 둘러 색감에 이채를 더하거나 디자인적인 면에서 조금 더 정돈된 느낌을 주는 등 비교적 간소한 손질로 디자인에 섬세한 차이를 부여하고 있다.

라이크 어 트리는 10여 종이 넘는 컬렉션 가운데 가장 사랑을 많이 받는 누니 주얼리를 대표하는 컬렉션이다.

3. FROM THE MOON

아일랜드 골웨이에서 본 밤하늘을 가끔 떠올리곤 한다. '은하수'라는 이름이 과장이 아닐 만큼 무수한 별이 반짝이는 모습을 넋을 놓고 바라본 기억이 있다. 서울과 달리 고층 건물이 드문 그곳에선 자주 하늘을 봤다. 애써 보지 않아도 보이는 하늘이었다. 그런 날은 자연스레 지구와 지구 밖의 것들을 생각하게 된다.

하루는 텔레비전에서 지구의 생성 과정을 담은 자연 다큐멘터리를 방영하기에 무심결에 보기 시작했다. 지구와 달의 관계를 설명하는 대목에 유독 눈길이 갔는데, 달이 없었다면 지구의 자전축이 완전히 달라져 지구가 지금의 모습이 아니었을 것이라는 설명이었다. 학창 시절 배웠던 내용인데도 그날따라 새삼

스레 그 이야기가 마음을 울렸다.

천진스러운 어린이들은 밀물과 썰물을 지구와 달이 서로 밀고 당겨대는 놀이로 안다고 했던가. 적절한 거리에서 자전과 공전을 함께하는 지구(행성)와 달(위성)의 관계가 결혼을 약속한 두 사람의 관계 위로 포개져 보였다.

위성衛星의 '위'자가 '지키다'를 뜻하는 한자어에서 나온 것처럼 곁에서 서로 수호하는 관계가 떠올랐다. 프롬 더 문From the Moon이 디자인으로 탄생하는 순간이었다. 프롬 더 문 디자인의 핵심 역시 텍스처다. 달 표면을 담은 여러 사진과 영상을 참고해 운석이 충돌해 생긴 크레이터Crater(화구)를 실제의 모습과는 달리 간결하고 우의적인 형태로 잡아냈다.

액체 상태의 재료를 틀에 부어 모양을 잡는 걸 주조, 즉 캐스팅Casting이라고 한다. 프롬 더 문에서 가장 중요한 과정도 캐스

프롬 더 문. 불규칙성이 규칙이 되었다.

4장

팅이다. 프롬 더 문의 텍스처는 실제 달 표면처럼 자잘한 크레이터가 자리하고 있다.

그런데 이 크레이터를 표현하는 과정에서 문제가 발생했다. 금을 녹이고 생산하는 과정에서 간혹 기포가 생기거나, 아주 작은 크레이터가 사라지는 일이 반복됐다. 컴퓨터가 제아무리 입력된 그대로 틀을 만들어낸다고 해도 주조 후 그것과 똑같이 구현되는 경우란 거의 없었다.

이를 보완하려고 원하는 자리에 수작업으로 구멍을 파보기도 했는데, 이럴 경우에는 그 부분만 광이 달라 전체적인 톤이 어그러졌다.

텍스처의 완성도를 높이기 위해 수없이 반복해 캐스팅 작업을 한 뒤 내린 결론은 '변수를 받아들이자'였다. 변하지 않는 값인 '상수'는 이를테면 이데아와 같은 것이다. 머릿속에 완벽한 형태로 존재하는 텍스처는 불가능한 것이라 차라리 추상에 가깝다. 나오는 그대로, 뜻밖의 선물을 수긍하자.

디자인의 핵심적 구상에 어긋나지 않는다면 나머지는 표현되는 대로 인정하기로 했다. 꼴을 잡은 뒤에 그릇을 가마에 넣고 기다리는 도공의 심정이랄까. 이 때문에 지금도 프롬 더 문을 원하는 고객에겐 '샘플과 판박이 같은 제품이 만들어지지 않을 수도 있다'는 점을 미리 고지한다. 어쩌면 이 같은 불규칙성이 규칙이 된 셈인데, 이러한 변수 덕에 오히려 '오롯이 하나뿐인 반지'라는 점이 더욱 부각되는 건 흥미롭다.

사실 디자이너에게 계획한 대로 밑그림이 그려지지 않는 건 악몽이다. 하지만 자연에서 운석이 떨어지는 자리를 사전에 예측할 수 없듯이 완벽하게 통제할 수 없는 것은 우연성으로 받아들이기로 했다.

프롬 더 문은 텍스처는 물론 색감으로도 은은한 달빛을 표현하고 있다. 달빛에 물들면 신화가 된다 했던가.

프롬 더 문은 라이크 어 트리처럼 '관계'에 방점을 찍은 디자인이다. 그리고 누니 주얼리 초창기 디자인의 대미를 상식한 작품이다. 리프 스루 타임과 라이크 어 트리, 프롬 더 문, 이 세 가지 갈래가 누니 주얼리의 특징을 잘 드러내는 디자인이라고 할 수 있다.

프롬 더 문의 마무리 작업.

4. LEAF

새것보다는 세월의 더께가 내려앉은 걸 더 좋아한다. 그래서인지 여행을 가면 그곳의 벼룩시장과 앤티크 마켓을 꼭 한 번은 들르는 편이다. 생필품을 파는 시장도 좋지만 앤티크 마켓 같은 곳에서 작은 가게를 돌며 보물찾기를 하듯 공예품과 숨은 소품을 둘러보는 걸 즐긴다.

그곳을 채운 아기자기함과 장인정신, 독특한 상상력을 발견하는 재미도 좋고, 이를 만들고 판매하는 이들과 또 신중히 물건을 고르는 이들을 구경하는 재미도 있다. 나는 주얼리를 디자인할 때도 앤티크 기법을 적절히 활용하는 걸 즐기는데, 앤티크 주얼리에 함축된 특유의 밀도를 사랑해서다.

인그레이빙Engraving은 특정 형태를 조각해 깎아내는 세공 기법을 일컫는다. 15세기부터 쓰인 금세공술이라고 하니 역사가

리프. 오늘날의 기술로 전통적인 조각 모티프를 이어 자연스럽게 연결되는 월계수 잎사귀를 구현했다.

이만저만 깊은 게 아니다. 하지만 인그레이빙 기법은 조각하는 사람에 따라 문양의 형태와 깊이, 폭, 크기 등이 다 달라 허용할 수 없는 범위의 불규칙성을 가지고 있다.

리프 스루 타임에 밀그레인이라는 전통 기법을 사용한 것처럼 리프Leaf는 나뭇잎 모양의 인그레이빙 느낌을 낼 수 있는 디자인을 구현해보고 싶었다. 차이점이 있다면 전자는 전통 기법을 전통 방식 그대로 활용했고 후자는 현대적으로 재해석할 방법을 찾아 나섰다는 점이다.

이를 위해 우선 월계수 잎사귀를 하나의 패턴으로 만들었다. 그리고 컴퓨터 프로그램을 활용하여 어디까지 세밀하게 생산이 가능한지 수차례 실험을 반복했다. 정밀한 표현 단계를 찾되 조악하지는 않은 적정선을 찾는 실험. 그리고 이런 시도와 재시도를 거듭해 지금의 리프 컬렉션이 완성됐다. 완성도를 높이려고 이만큼의 노력을 기울인 건 최적의 표현법을 찾기 위해서인 동시에 작업의 효율성을 제고하기 위해서이기도 했다.

월계수 잎에서 조각 모티프를 따온 것도 전통을 잇겠다는 생각에서 내린 결정이다. 예부터 나뭇잎은 주얼리에 자주 등장하는 모티프다. 월계수는 흔히 알고 있듯 마라톤 우승자가 쓰는 '승리'의 상징이지만, 그와 동시에 '불변'이라는 꽃말을 가지고

있어 과거부터 결혼 예식에 화관으로 자주 사용됐다.

반지 전체 면에 월계수 잎사귀를 구현하면서도 작업성을 높인 리프는 오늘날의 기술로 전통의 모티프를 활용해 '변하지 않음'을 이야기하는 컬렉션이라고 할 수 있다. 그 자체로 은은한 광택이 나는 리프는 보석 없이도 빛이 난다. 잎으로만 엮인 기본 컬렉션 외에도 다이아몬드를 결합하여 오라가 배가 되는 다양한 반지와 목걸이, 귀고리를 컬렉션 안에 두고 있다.

5. FRACTAL

'자연에서 영감을 얻는다'라는 말의 밑바탕에는 '관찰'이 자리하고 있다. 출퇴근길에, 강아지와 산책하는 길에, 혹은 여행길에서 마주친 인상 깊은 자연 풍경은 될 수 있는 한 잊지 않고 기록하려고 노력한다.

또 BBC 같은 채널에서 자연 다큐멘터리를 보다가도 아이디어가 떠오르면 꼭 메모를 남긴다(앞서 말한 것처럼 프롬 더 문은 자연 다큐멘터리에서 출발한 컬렉션이다). 예전엔 관찰 기록용 작은 수첩을 들고 다녔고, 지금은 스마트폰의 노트 기능과 카메라를 활용해 생각날 때마다 틈틈이 기록하고 있다.

물론 관찰과 기록이 아닌 방식으로도 아이디어를 얻는다. 새로운 색을 조합해내기 위해 합금에 관한 공부를 하는 과정 중에, 혹은 흥미로 집어든 책 속에서 '어떤 것'을 발견하기도 한다.

NOONEE

*It is inspired by the texture of nature
and then shows designs simply containing
it based on delicate touch.*

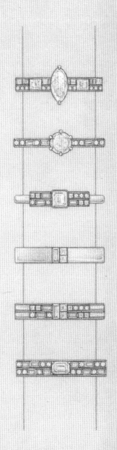

프랙탈 스케치.

프랙탈. 부분과 부분, 각각의 사람이 모여 하나가 되는 의미를 담았다.

프랙탈Fractal은 책을 읽다 알게 된 자연 현상에서 출발한 컬렉션이다. '부서진 상태'라는 뜻의 라틴어 '프락투스Fractus'에서 나온 프랙탈은 '부분과 전체가 닮은꼴로 끊임없이 반복되는 구조'를 뜻한다. 눈송이나 성에의 결정 모양이 대표적이며, 고사리나 번개 모양 등에서도 같은 구조를 발견할 수 있다.

프랙탈 구조를 처음 책에서 접했을 때, 단번에 아이디어를 떠올린 건 아니었다. 소위 '황금 비율'이라고 일컫는 피보나치수열이 해바라기와 소라 껍데기에 숨어 있다는 사실에 흥미를 느끼듯, 당시엔 전체의 모양을 쏙 빼닮은 일부분이 반복돼 최종적으로 전체를 이룬다는 사실에 신기함을 느낀 정도였다.

하지만 웨딩 주얼리를 디자인하는 사람으로서 자연 현상을 '있는 그대로'가 아닌 '사랑의 개념'으로 바라보는 버릇을 갖고 있다 보니, 어느 날 프랙탈 구조에서 새로운 뜻을 발견하게 됐다.

부분과 부분이 모여 전체를 이루는 프랙탈 구조가 한 사람과 한 사람이 만나 온전한 사랑을 이뤄가는 모습과 닮아 보였다. 프랙탈은 한 티끌 안에 온 누리가 들어 있다는 상념과도 통한다.

프랙탈 컬렉션에서 중요한 것은 다이아몬드 스톤의 배열이다. 수많은 결정이 모여 하나의 눈송이를 이루는 것처럼 프랙탈 디자인의 핵심은 작은 다이아몬드들을 아름답게 직조해내는 데 있기 때문이다. 여기에서 배열상 리듬을 더하기 위해 다양한 형태로 커팅된 다이아몬드들을 활용하고 있다.

다이아몬드 커팅을 단순하게 나눠보자면, 원형 형태로 58개의 커팅 면을 갖고 있는 '라운드 브릴리언트 컷'과 그 밖에 물방울(페어Pear), 세모(트릴리온Trillion), 네모(프린세스Princess) 모양 등으로 커팅하는 '팬시 컷'으로 구분할 수 있다. 라운드 브릴리언트 컷은 다이아몬드의 광채를 가장 찬란하게 구현할 수 있는 형태로 1919년에 개발된 이후 '약혼반지를 독차지했다'고 해도 과언이 아닐 만큼 많은 사랑을 받았다.

하지만 프랙탈 디자인에서 중요한 건 각각의 부분이 제각각 빛나면서도 하나의 조화를 이루는 것이다. 그래서 프랙탈 디자인에서는 다양한 팬시 컷을 사용했다. 일례로 네모난 형태로 빛

4장

과 투과율이 높아 광채가 돋보이는 프린세스 커팅이나 직사각형 형태로 각진 바게트 커팅은 규칙성을 갖춘 채로, 또 언뜻 보면 불규칙한 듯 꼼꼼히 배열돼 있다.

프랙탈은 '배열의 조합'을 아름답게 해내는 것이 관건이긴 하나 착상과 구상 과정이 어려울 뿐, 이후 다양하게 조합해 여러 컬렉션으로 확장하는 것은 그다지 어렵지 않다. 제작이 역시 문제였다. 다양하게 커팅된 다이아몬드는 천연이기 때문에 크기가 미세하게 모두 달랐다.

직사각형 바게트 컷, 정사각형인 프린세스 컷 등 다양한 모양의 다이아몬드를 약 2.0mm의 밴드 폭 안에 정확하게 맞물려 잡아주려니 해당 세팅에 0.01mm의 오차도 허용되지 않았다. 딱 맞는 다이아몬드를 찾아내는 것부터가 쉽지 않은 과제였다.

게다가 스톤들을 각기 구분하거나 전체적인 형태를 잡을 때 리프 스루 타임에 쓰인 밀그레인 기법을 쓰다 보니 세공에 소요되는 시간이 서너 배는 더 들어 공방 작업자들이 작업을 힘겨워했다. 프랙탈은 이래저래 품이 많이 드는 대표적인 컬렉션이 됐다.

생각해보면 주얼리 회사 내 디자이너로 일하며 제작 공장에 오갈 때부터 제작 분야와 그리 화기애애하게 지내지 못했다. 내 나름대로 세운 아름다움의 기준을 지키려다 보니 원치 않아도

크기가 미세하게 다른 천연 다이아몬드 중에서 꼭 맞는 것을 골라내는 작업을 거친다.

전사가 돼야 하는 순간이 종종 있었다.

　프랙탈 디자인을 하면서 나만 아는 웃음을 짓기도 했다. '누니' 안에 이미 눈송이가 포함돼 있어서다. 한글로 지은 내 이름 '손누니'는 눈이 오는 날 태어나서 붙여진 이름이다.

4장

4장

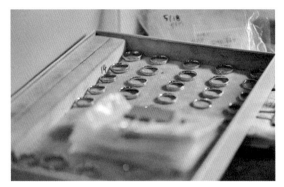

도전 · 탐구 · 궁리

디자이너의 루틴

누니 주얼리가 문을 연 이후로 매장 확장과 이전, 백화점 오픈이 이어지며 처리할 일이 산더미같이 밀어닥쳤다. 새롭고 낯선 것에 도전할 틈을 내기도 벅찬 날들이었다고 할까? 하지만 창작자라면 언제나 고객보다 한발 앞서 미감을 이끌 줄 알아야 한다.

　신제품을 준비하는 동안에도 공모전에 낼 만한 작품을 고민하고, 좋은 아이디어가 떠오르면 새롭게 시도했다. 때론 일상의 익숙한 관행도 접고 도전해야만 하는 계기가 온다. 새해를 맞이할 때마다 전 세계에서 열리는 디자인 공모전 일정을 확인하는 이유도 뜀틀에 발을 디디기 위해서다. 공모전은 고단한 일상 탓에 가라앉은 창작 의욕을 고취하는 훌륭한 계기가 된다.

디자인 공모전을 맞는 태도는 상황에 따라 변화해 왔다. 주얼리 디자이너로 처음 경력을 시작했을 때는 회사와 관련된 작업 위주로 공모전에 임했다. 그때는 객관적인 지표로 내 디자인 역량을 확인받고 싶다는 마음이 강했다.

답은 비교적 빨리 얻을 수 있었다. 회사에 근무한 지 1년이 채 되지 않아 '비너스의 탄생'으로 주얼리 디자인 공모전에서 대상을 수상했으니 말이다. 나는 이를 계기로 또 다른 주얼리 회사로 자리를 옮겼고, 내 이름이 들어간 브랜드를 론칭할 기회 또한 얻을 수 있었다. 물론 실제 론칭에 이르진 못했지만.

주얼리 회사를 그만두고 개인 브랜드를 준비하면서 공모전을 대하는 자세가 한층 진지해졌다. 제 이름을 걸고 브랜드를 만든다는 것은 오로지 디자인으로 승부를 보겠다는 의지가 아니겠는가. 공모전은 그 의지와 능력을 심판받는 지름길이다. 누니 주얼리를 론칭한 초기에 미국의 국제진주디자인공모전과 이탈리아의 에이프라임디자인어워드 등에 참여한 것도 같은 이유에서다.

수차례 도전에서 얻어낸 가장 큰 영광은 따로 있다. 2020년 독일의 iF 디자인 어워드iF Design Award에서 워치 주얼리 부문 본상을 받은 것이다. iF 디자인 어워드는 미국의 레드닷 디자

도전과 탐구와 궁리를 지속하는 디자이너의 루틴이 견고해야 창의적인 작업을 지속해나갈 수 있다.

NOONEE

*It is inspired by the texture of nature
and then shows designs simply containing
it based on delicate touch.*

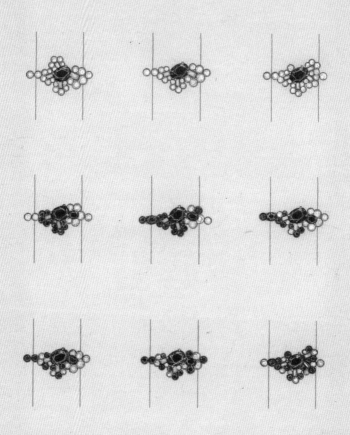

루비를 사용한 다양한 컬러링 스케치.

0.0x5.3m/m 1ct Ruby
1.25x3.25m/m 0.25ct Oval Ruby
2.5x1.3m/m Baguette diamond x2
1.5~2.6m/m Rodox md total 0.5

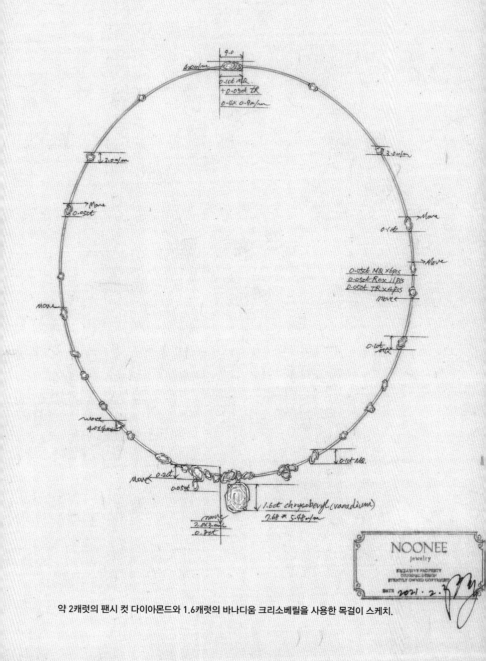

약 2캐럿의 팬시 컷 다이아몬드와 1.6캐럿의 바나디움 크리소베릴을 사용한 목걸이 스케치.

인 어워드Red Dot Design Award, IDEA 디자인 어워드International Design Excellence Awards와 함께 세계 3대 디자인 공모전으로 꼽힌다.

최고의 명성을 자랑하는 대회에서 상을 받았다는 건 디자이너로서 크나큰 영광이 아닐 수 없다. iF 디자인 어워드에서 본상을 받은 작품은 '더 노던 라이트The Northern Light'였다. 이 작품은 이듬해 다른 공모전에서도 거듭 수상했다. 2021년 독일 디자인 어워드German Design Award에서 특별상에 오르며 두루 인정받았다.

물론 낙방의 쓴맛도 보았다. 태어나 처음으로 도전한 국내 주얼리 공모전에서는 접수 이후 아무런 연락도 받지 못했다. 처음 맞아본 매라 무척 아팠다. 세계 최고의 공모전으로 일컫는 레드닷 디자인 어워드와 IDEA 디자인 어워드 역시 마찬가지로 둘 다 1차 합격의 문턱을 간신히 넘는 데 그쳤다. iF 디자인 어워드도 단박에 수상한 것은 아니었다. 예전 응모에서 1차 합격에 머물기도 했다.

공모전을 통해 역량을 평가받겠다는 초심은 채웠다. 세계적으로 인정받는 것보다 더 본원적인 과제가 물론 있다. 늘 도전하며 탐구와 궁리를 지속하는 '디자이너의 루틴'을 지키는 것이다. 경쟁과 승리가 가져다주는 짜릿하고 달콤한 맛이 디자이너의 도전의식을 불러일으키고, 그 감각을 잃지 않아야 디자인을 계속할 수 있다는 사실을 명심하고 있다. 고심을 거듭하는 일상의 루틴이 견고해야 공모의 장에서 겨룰 창의의 불꽃이 거세게 타오른다.

도전의 기본값

새로움 없는
디자인은 실패한다

iF 공모전 수상작 '더 노던 라이트'를 이야기하기 앞서 공모전에서 사전 조사가 얼마나 중요한지 깨달은 사건이 있었다. 과거 레드닷 디자인 어워드에 도전해 1차 통과 소식을 전해 들었다. 나는 수상에 대한 기대로 한껏 들떴다. 출품하기 전부터 "이건 된다"며 무턱대고 확신했다. 금속의 빛 반사에서 아이디어를 얻은 디자인이었다.

빛이 되비치기 좋게 광을 낸 골드 틀 안에 여러 유색 스톤을 심어 넣은 주얼리인데, 빛이 마치 만화경처럼 어룽어룽 되비쳐 오묘한 빛깔이 신비하게 맺히도록 디자인했다.

그러나 최종 합격 소식은 목을 빼고 기다려도 오지 않았다. 수상하지 못한 이유는 iF 디자인 어워드를 준비하면서 알게 됐는데, 출품하기 몇 해 전 이미 그와 비슷한 디자인이 수상작에 있었다는 사실을 그제야 발견했다.

미리 알았더라면 출품하지 않았을 터였다. 촉박하게 공모전을 준비하면서 사전 조사를 뒷전에 둔 게 헛된 기대를 품게 만들었구나 싶어 창피했다.

수상작 사전 조사는 디자이너 자신의 고유성을 성찰하는 길이기도 하다. 누구나 매 순간 새로운 것을 만들어내려고 노력하지만, 하늘 아래 '순도 백 퍼센트의 새로움'이 존재하기는 어렵다. 역설적으로 남이 디자인한 것을 확인하고 또 확인하는 과정이 선결돼야 한다. 그래야 '나만의 것'을 지켜나갈 수 있다.

공모전뿐 아니라 제품을 출시할 때도 사전 점검은 필수다. 이미 비슷한 디자인의 상품이 세상에 나와 있다면 더는 미련을 갖지 않고 놓아버린다. 나다운 것을 발휘해 재창조할 방법을 다시 모색하는 게 현명하다.

공모전에서 '새로움'이 얼마나 중요한지는 또 다른 경험으로 실감했다. iF 디자인 어워드에 도전한다고 작심했지만 공모전에 내놓을 만큼 참신한 걸 만들지 못하는 바람에 첫해의 마감을 놓치고 다음 해가 됐다.

4장

공모전을 도모하기는커녕 일상 업무로도 바쁜 나날이었다. 이러다 올해마저 넘기겠구나 싶은 조바심에 기존 컬렉션 가운데서 하나를 골라 보낸 적이 있었다. 어차피 내 작품이니 별문제가 없을 거라고 여겼다. 결과는 아니나 다를까 실패였다. 다시금 깨달았다.

도전은 새로움이 언제나 기본값이다.

가장 아름다운
하나를 얻기 위해

일렁이는 빛을
담아내다

이제 공모전 수상작 '더 노던 라이트'를 살펴볼 차례다. iF 디자
인 어워드에서 본상을, 독일 디자인 어워드에서 특별상을 각각
수상한 더 노던 라이트는 다이아몬드를 비롯한 그 어떤 스톤도
포함돼 있지 않다. 하지만 빛이 닿으면 스톤 못지않은 빛의 마법
이 펼쳐진다. 반지 표면에 별빛을 닮은 광채가 떠오르는 것이다.
보석 없이 빛나는 비밀은 텍스처에 있다. 사선을 서로 교차해 엑
스X 자 무늬를 만들고, 그 결을 최대한 곱게 빗어 빛이 더 많이
분산되게 함으로써 광채가 도드라지게 한다.

 손으로 제작하는 기법을 오랫동안 사용해 오던 어느 날, 기계
로 구현하는 텍스처 작업에 호기심이 생겼다. 기계로 홈을 내어

커팅하는 것은 시중에서 흔하게 적용되는 방식이다. 대부분 투박하고 거친 형태를 띤다. 좀 더 정교한 결과 부드러운 깊이를 찾기 위해 계산하고 차이를 부여해 작업해보기로 했다.

가장 먼저 고려한 부분은 커팅 방향이었다. 오른쪽으로 기운 사선, 왼쪽으로 기운 사선, 세로 커팅 등 각도와 방향을 조금씩 바꿔가며 작업했다. 그때마다 커팅 간격과 깊이를 모두 달리해 여러 버전을 만들었다.

그 결과로 두 사선이 교차하는 엑스 자 모양이 원하는 것에 가장 가까운 빛을 드러내는 형태라는 결론에 이르렀다. 형태를 결정한 후에도 최선의 커팅 간격과 깊이를 찾기 위한 실험은 계속됐다.

일례로, 커팅 간격이 넓고 깊이가 깊으면 엑스 자가 도드라져 보이는 반면 다소 투박한 느낌이 강했다. 광채가 선명히 드러나는 걸 선호하면서도 반지 표면의 텍스처 자체로 은은한 아름다움을 표현할 수 있길 바랐던 나는 상대적으로 촘촘하고 고운 결이 유지되는 안을 최종 선택했다. 남들은 사소하다고 생각할 수 있는 차이가 새로운 디자인을 끌어내는 힘이 됐다.

더 노던 라이트를 이루는 또 다른 핵심 요소는 반지의 배경색을 결정하는 합금에 있었다. 아스라한 오로라의 일렁이는 빛을

오로라를 닮은 더 노던 라이트. 오묘한 빛이 요동치며 발현되도록 여러 차례 실험 끝에 완성
해냈다.

표현하기란 생각처럼 쉽지 않았다. 높은 수준의 합금 기술이 뒷받침돼야 했다.

더 노던 라이트의 요체는 오로라의 색을 표현하는 데 있다. 이를 위해 나는 공방 장인들과 오랫동안 그린-골드 합금 실험을 진행했고, 마침내 적실하다고 여겨지는 푸른빛을 품은 올리브 그린 골드를 찾아냈다.

하지만 자연에서 우리가 만나는 오로라는 어떤가. 녹색으로만 출렁이지 않는다. 붉은색, 보라색, 회색, 주황색 등 여러 빛이 섞인 채로 어른거린다. 나는 더 노던 라이트에 자연에 더 가까운 풍경을 담고 싶었다.

그 결과 반지의 중심을 이룰 올리브그린을 포함해 샴페인 골드, 베이지-로즈 골드와 함께 웜 브라운, 캄 옐로 등 모두 다섯 가지의 합금을 더 노던 라이트의 바탕색으로 사용했다.

원하는 색감의 금을 마련했으니 이제 남은 숙제는 이들을 잘 조합해내는 것이다. 각각의 색을 어떤 배열로 장치했을 때 오로라의 빛을 잘 표현할 수 있을지 숙고하며 디자인 작업을 했다.

오로라는 알다시피, 태양풍과 함께 날아온 대전입자(플라스마)가 지구 대기의 공기 분자와 충돌해 생기는 다채로운 빛의 흐름이다. 그 특성에 '움직임'이 포함된다. 반지의 표면에도 그 움직임을 담아내고 싶었다. 그러자면 여러 색의 금들이 분절되지 않고 서로 자연스레 뒤섞여야 했다.

각각의 금을 접합하는 과정은 매우 긴장된다. 기계 커팅 과정에서 표면에 생긴 기포 등을 이후에 수습하는 게 불가능에 가까웠다. 다섯 가지의 합금을 섞어 반지의 틀을 짜는 것부터 텍스처 작업까지, 전 과정에서 한 치의 실수도 용납되지 않았다.

막상 부딪혀보니 공방 생활을 수십 년 이어왔다는 숙련된 장인에게도 만만치 않은 난제였다. 실패할 때마다 문제점을 찾고 해결책을 마련하길 반복했지만 뾰족한 수가 나오지 않았다. 갖가지 시도를 거듭하며 오랜 기간 헤맸다.

그 끝에 얻은 답은 우습게도 뻔한 것이었다. 될 때까지 만들어보는 것. 여러 개를 만들면 성공 확률도 그만큼 높아지는 법이다. 열 번 넘어지면 열한 번 일어서야 한다. 전 세계를 대상으로 하는 디자인 공모전이 아닌가. 여느 상업 주얼리를 디자인할 때와 달리 다시 마음을 다잡았다. 가장 아름다운 하나를 얻기 위해 가는 데까지 가보자.

iF 디자인 어워드는 실생활에서 사용할 수 있는 산업 디자인 전반을 대상으로 하는 세계적인 공모전으로 디자인의 혁신성을 으뜸으로 친다. 앞서서 수상했던 작품들을 얼추 훑어봐도 그런 경향이 눈에 띈다. LED와 실리콘, 마그넷 같은 요소를 주얼리에 접목해 소재 면에서 혁신을 추구하는 등 아이디어가 빼어난 출품작에 높은 점수를 주었다.

더 노던 라이트는 과연 이런 심사 기준에 부합할까. 출품을 앞두고 고민에 고민을 거듭했다. 기계로 커팅한 텍스처 자체는 혁신적이라고 말하기 어렵겠다. 하지만 오묘한 빛이 발현되도록 여러 색으로 합금하고 계획된 무늬를 내어 빛이 퍼져 보이도록 실험적으로 조합한 작업은 소재적인 측면은 물론이고 아이디어에서도 높게 평가받을 만하다고 생각했다. 결국 더 노던라이트를 출품하기로 결정했다.

2020년 iF 디자인 어워드는 참가국이 57개국, 출품작도 7,298건에 달했다. 실로 엄청난 경쟁률이었다. 우리가 착상부터 개발, 제작에 이르기까지 약 일 년의 시간을 더 노던 라이트에 쏟은 것처럼 심사 역시 꼼꼼히 진행돼 결과 발표에 5개월여가 걸렸다.

오랜 기다림 끝에 들려온 iF 디자인 어워드 본상 수상 소식은 더욱 기뻤다. 이후 2021년 독일 디자인 어워드에서도 특별상을 받았다. 주최 측은 심사평에서 더 노던 라이트를 두고 "빛과 어둠의 장엄한 대화를 재현한다"고 밝혔다. 덧붙여 "특별히 선택된 소재와 탁월한 장인정신"을 높게 평가했다.

같은 작품으로 연거푸 수상한 것도 기뻤지만, 나는 심사평에 쓰인 '탁월한 장인정신'이란 표현이 흡족했다. 그들은 내가 오로라의 오묘한 색채를 드러내기 위해 얼마나 지난한 제작 과정을 거쳤는지 알아보았다.

합금으로 시작해 텍스처 공정을 지나 마무리 작업에 이르는 단련을 제대로 인정받은 것이다. 일렁이는 빛을 재현하기 위해 수십 번의 불발을 딛고 넘어서던 그 불굴의 순간순간이 뿌듯한 기억으로 남게 됐다.

재미있는 비밀을
간직한 '이터널'

파우스토 선생과
재회하다

더 노던 라이트의 iF 디자인 어워드 수상 소식은 언론을 통해 널리 알려졌다. 누니 주얼리는 그 덕분에 홍보 효과를 톡톡히 봤다. 글로벌 디자인 공모전 수상은 그 이름값에 걸맞은 영향력을 발휘한다.

수상 소식을 듣고 누니를 찾아온 이들이 한편으로는 반가우면서도 다른 한편으로는 은근히 걱정됐다. 누구에게도 시원히 말하지 못한 속내가 있어서다. '혹시 더 노던 라이트 주문이 많아지면 어쩌지?' 하는 걱정이었다.

더 노던 라이트는 어느 제품보다 생산이 까다롭고 더디다. 디자이너로서 내 이름과 누니 주얼리 브랜드를 걸고 응모에 나선 만큼 '마스터피스'를 내놓겠다는 각오로 만든 것이었다. 이를테면 쇼룸에 내놓을 야심작인 신상품과는 성격이 달랐다.

공모전 수상작 중에서 대중적인 사랑을 받은 건 따로 있다. 2013년 에이프라임디자인어워드에서 금상을 수상한 '이터널 Eternal'이다. 세팅 방법 중 가장 낯익은 프롱 세팅Prong Setting을 동원해 난발 여섯 개로 다이아몬드를 지탱하는 구조다. 이터널은 언뜻 보기에 눈에 익은 여느 다이아몬드 반지와 큰 차이가 없는 생김새다.

이터널에는 다이아몬드를 떠받치고 있는 아랫단에 비밀이 숨어 있다. '영원, 무한'을 뜻하는 상징이 그대로 반지 안에 녹아들기를 바랐던 나는 이를 순환하는 이미지로 표현했다. 그래서 떠올린 것이 바로 회전하는 고리였다. 화이트 골드를 주축으로 하는 이터널에서 다이아몬드를 받치고 있는 둥근 띠가 옐로 골드로 눈길을 붙잡는다.

순환을 상징하는 이 고리는 고정되지 않고 옆으로 돌아가도록 만들었다. 말 그대로 순환하게 디자인했다. 자그마한 다이아몬드가 박혀 있는 고리에 원하는 문구를 새겨 넣을 수도 있다. 덕분에 '영원을 약속한다'는 함의에서 약혼 혹은 프러포즈 반지로 사랑받고 있다.

한자리에서 순환하는 골드 띠와 다이아몬드가 영원의 약속을 상징하는 수상작 이터널.

이터널이 에이프라임디자인어워드에서 수상하면서 시상식에 참가하러 이탈리아를 방문했다. 오랜만에 파우스토 공방에 들렀다. 이터널을 본 파우스토 마리아 프란키 선생은 그답게 딱 한 마디로 평을 했다. "재미있다!"

전통적인 세팅 기법은 백 년이 넘도록 많은 이들에게 사랑받았다. 거기에 재치를 더해 새로운 해석을 끌어내 의미와 연결되도록 한 것이 재미있다고 선생은 주석을 덧붙였다. 선생의 칭찬 한마디가 공모전을 위해 고민하던 날들의 수고를 싹 가시게 했다.

시상식은 이탈리아 코모 호숫가에서 열렸다. 시상식을 보며 나는 공모전의 '꽃'은 따로 있구나 싶었다. 근엄하게 치러진 시상식도 흥미로웠지만 연계된 행사로 열린 파티가 무척 근사했다. 여러 나라에서 온 디자이너와 어울려 환담하는 시간은 여유롭기 그지없었다. 그 시간은 다시 떠올려도 흐뭇한 기억으로 남아 있다.

수상작 디자이너뿐만 아니라 해당 프로젝트에 함께 참여한 팀원도 격의 없이 교류하는 마당이라는 점이 더욱 매력적이었다. 스승인 프란키 선생과 이야기를 나누는 것도 좋았고, 같은 분야에서 활동하는 디자이너와 소통하는 시간도 더없이 소중했다.

먼저 길을 가본 이가 전해주는 경험담은 금쪽같다. 동시대를 살아가는 동료 디자이너의 취향을 가까이에서 지켜본 것도 흥미로웠다.

매우 아쉬운 시상식도 있었다. 독일에서 열릴 예정이었던 iF 디자인 시상식이다. 이 시상식은 코로나19 팬데믹 상황이 닥치는 바람에 연기되고 말았다. 결국 시상식은 2020년에 온라인으로 치렀다. 2022년에 뒤늦게라도 파티가 열려 그곳에 참석해 아쉬움을 달랜 것은 그나마 다행이었다.

꿈이 실현되는 누니 주얼리에서
모두가 자기답게 반짝이는 순간을 맞이하기를.

당신을 반짝이게 하는 순간..

이 이야기는 당신을 위해 빛나고 있습니다

손안에 쏙

프러포즈용
보석함의 탄생

우리 사회에서 결혼을 '사랑하는 두 남녀의 결합'이라고 여기게
된 건 그 역사가 길지 않다. 두어 세대 위만 해도 집안끼리 결혼
을 정하는 일이 다반사였다. 결혼 당일에 신랑과 신부가 처음 대
면하는 일도 심심찮게 일어났다.

전통 혼례품 중에 '이성지합二姓之合'이라는 사자성어를 수놓
은 장식물을 본 적이 있다. 예를 들면, 김씨 집안과 이씨 집안이
결합한다는 뜻이겠다. 결혼은 무엇보다 집안과 집안의 만남이
었다. 집안끼리 인연을 맺는다는 이유로 그에 맞는 예물 문화가
자리를 잡아갔다. 지금은 이 같은 예물 문화가 줄어들고 있지만
관습의 형태로 남아 있기도 하다.

결혼을 두 사람 사이의 약속으로 보는 사회에서는 프러포즈 문화가 발달했다. 우리에게도 일상이 된 프러포즈 문화는 다이아몬드 반지를 주며 청혼하는 이벤트다(정해진 규칙은 없지만, 외국에서는 관례적으로 월급의 세 배가량 되는 예산으로 다이아몬드 반지를 준비한다).

외국의 경우, 웨딩 주얼리는 프러포즈 반지를 전한 뒤 커플 링 개념의 웨딩 밴드를 함께 맞추는 것으로 마무리된다. 한국에서는 이와 좀 다르다. 예물을 어떻게 구성하느냐에 따라 달라진다.

누니 주얼리를 운영하며 만난 다수의 남성 고객이 깊이 고민하는 부분이 바로 프러포즈 반지였다. 먼저, 파트너의 정확한 반지 사이즈를 눈치껏 알아내야 한다. 사이즈를 몰라 끈으로 대충 측정해서 오는 고객도 있는데 이렇게 하면 정확하지 않아 진행에 차질을 빚을 수 있다. 그래서 우리는 프러포즈용으로 반지를 대여해준다. 이벤트를 하고 사이즈에 맞게 제작할 수 있으니 부담이 적다.

취향에 맞는 디자인을 고르는 것도 골칫거리다. 사랑하는 이가 고민해서 디자인을 골라주고 그런 반지를 받는 과정도 의미가 있지만, 취향이 까다로운 고객도 있기 때문이다. 이런 경우 '나중에 프러포즈를 할 것이니 같이 왔을 때 어떤 스타일을 좋아하는지 파악해달라'는 요청이 들어올 때도 있다. 다양한 요청

5장

에 맞춰 진행하다 보니 고객과 함께 깜짝 프러포즈의 고수가 돼
간다.

이보다 앞서 토로하는 어려움은 경제적 부담이다. 집안에서
예물 반지를 준비하는 경우, 프러포즈 반지를 또 마련해야 하는
게 아무래도 부담일 수밖에 없다. 누니 주얼리가 제안하는 프러
포즈 반지는 이 같은 고객의 고민에 대한 응답이다.

프러포즈 반지가 이벤트 용도로 쓰인 뒤에 보석함에만 들어
있는 게 아쉽다는 고객의 이야기를 듣고 단독으로도 사랑스럽
고, 다른 반지와 레이어드를 했을 때도 잘 어울리는 실용성 있는
디자인으로 그것을 만들었다. 무엇보다 웨딩 밴드와 함께 착용
했을 때 반지와 반지 사이가 들뜨지 않도록 보석의 위치와 각도
를 조정해 편안히 맞물리도록 디자인하고 있다.

프러포즈와 관련하여 고객의 의견을 반영한 게 또 있다. 딱 반
지 하나만 들어가는 깜찍한 크기의 프러포즈용 보석함을 만든
것이다. 누니 주얼리의 프러포즈용 보석함은 성인 남성이 손에
쥐었을 때 손안에 쏙 들어갈 만큼 작다. 프러포즈는 '서프라이
즈'로 불시에 주로 이루어진다. 상대가 알아채지 못하게 쉽게 감
출 수 있는 사이즈면 좋을 것 같다는 의견을 듣고 만들어냈다.

손안에 쏙 들어오는 프러포즈용 보석함.

5장

사랑과 행복을 기원하는 마음을 담은 웨딩 밴드 케이스.

당신을 반짝이게 하는 순간

친구의 경험에서도 도움을 받았다. 극장에서 데이트를 하다가 남자 친구가 실수로 프러포즈 반지 상자를 떨어뜨려 저녁에 치를 프러포즈 이벤트를 들켰다는 이야기였다. 함의 크기를 줄여 달라는 고객의 요청을 듣자마자 나는 앤티크 주얼리의 보석함을 떠올렸었다. 예부터 반지 하나만 들어가는 앙증맞은 보석함을 써온 사례가 있었기 때문이다. 비밀 유지에 적합한 프러포즈용 보석함이 태어난 배경이다.

고객의 목소리는
아무리 작아도 크게 들린다

반지에 아이디어를
새기다

누니 주얼리에서는 웨딩 밴드를 하면서 원하는 이에게는 레이어드 링을 추천한다. 앞서 언급했듯 레이어드 링이 프러포즈 반지가 되기도 한다. 누니 주얼리의 모든 반지는 단독으로든 함께든 꼈을 때 서로 어우러지는 조화 여부를 고려하여 만든다.

레이어드 링은 여성 고객을 만나며 조금씩 구체화됐다. 웨딩 밴드의 경우는 남녀 모두에게 어울리는 결을 찾아야 한다. 이 과정에서 다양한 상황과 긴 시간을 함께해야 하므로 대체로 심플한 형태 위주로 디자인을 출시한다.

하지만 이 경우 여성은 조금 더 화려하거나 다양한 스타일로 연출하고 싶은 아쉬움이 남을 수 있다. 이 아쉬움을 보완하고자 웨딩 밴드에 레이어드 링을 더해 마치 하나의 반지처럼 연출했다. 따라서 레이어드 링 역시 반지의 폭과 높이, 스톤의 위치 등을 세심히 조율해 제작한다.

고객의 목소리는 아무리 작아도 크게 들린다. 누니 주얼리에는 고객의 목소리로 탄생한 결과물이 많다. 웨딩 밴드 안쪽 면에 원하는 문구를 새길 수 있도록 하는 인그레이빙(각인) 서비스가 그것이다.

웨딩 밴드의 의미가 소중한 만큼 두 사람에게 귀한 문구를 기록해 간직하도록 해준다. 문구를 직관적인 디자인으로 풀어낸

웨딩 밴드와 세트처럼 어울리는 레이어드 링으로 손이 짓는 표정을 다양하게 연출할 수 있다.

라인도 있다. 컬렉션 중 러브레터Love Letter는 문장 인그레이빙이 디자인의 주요소이기 때문에 아예 고객이 지정한 문구를 바탕으로 만든다.

누니 주얼리 웨딩 밴드 안쪽에 또 하나의 빛을 숨겨두기도 했다. 바로 '시크릿 스톤'이다. 다이아몬드와 사파이어(노란색과 파란색), 차보라이트, 루비 등의 천연 컬러스톤이 안쪽에 자그마하게 들어가 있다. 영원한 사랑, 행운과 건강, 신뢰와 믿음 등을 상징하는 작은 보석은 웨딩 밴드를 뜻깊게 만들고픈 고객의 바람을 통해 자리 잡았다.

커스텀 과정에서 반지의 폭과 함께 반지 안쪽의 핏Fit을 결정한다. 착용감을 향상하기 위해 세 가지 형태의 마감을 제안한다. 개개인의 손에 맞는 반지의 폭을 선택하는 과정은 누니 주얼리

두 사람이 결혼 생활에서 중요하게 생각하는 의미를 각인과 시크릿 스톤으로 담을 수 있다.

의 초창기부터 있어왔다. 하지만 핏은 선택사항에 없었다.

수많은 고객과 만나면서 손가락 길이에 맞는 적절한 폭의 반지를 찾는 것뿐 아니라, 손가락 굵기와 형태에 맞는 핏도 중요하다는 걸 알았다. 반지 안쪽의 굴림을 각기 다르게 하는 핏은 반지가 예뻐 보이게 하는 데는 별 역할을 하지 않는다. 그보다는 착용감에 미묘한 영향을 준다.

누니가 제안한 세 가지의 핏은 이렇다. 소프트 핏은 손가락과 닿는 면적이 가장 넓고 낮은 굴곡으로 손에 착 감기는 느낌을 주어 편안하다. 클라우드 핏은 가장자리에 적당한 굴곡이 더해져 반지를 낄 때 부드러움과 함께 약간의 중량감을 느낄 수 있다. 라운드 핏은 가장 굴곡이 많아 손에 쉽게 들어가며 풍성함과 묵직함을 선사한다.

예를 들어, 마디가 굵은 손가락은 반지를 끼면 손가락에서 반지가 돌아가 불편함을 느낄 수밖에 없다. 이 경우 마디를 최대한 타이트하게 통과하는 사이즈를 측정한 후 제일 미끄러지듯 들어가되 묵직하여 덜 돌아가는 라운드 핏을 권한다.

손가락에 살집이 있는 경우는 반지가 두꺼우면 살이 튀어나와 더 부각돼 보일 수 있어 소프트 핏을 제안한다. 이처럼 누니 주얼리에서는 전문가의 안내에 따라 내 손에 가장 잘 맞는 핏을 직접 착용해보며 가장 편안한 형태를 고를 수 있다.

　누니 주얼리의 제품들은 공방 장인의 노고가 스민 핸드메이드로 태어난다. 매일 마주하는 고객도 누니의 남다른 장인정신을 추켜세운다. 고객의 손가락에 꼭 맞게 사이즈와 폭, 핏, 색상 등을 선택하는 과정도 중요하지만, 보다 살뜰한 커스터마이징의 핵심은 이 모든 것이 장인의 세심하고 익숙한 손길을 거쳐 완성된다는 데 있다. 고객 역시 이 점을 주목한다.

왼쪽부터 소프트 핏, 클라우드 핏, 라운드 핏. 핏은 겉으로 보이지 않아도 손가락에 밀착되는 가장 중요한 느낌을 결정 짓는다.

대표가 가장 잘한 일?

수시로 변하는
손가락 사이즈의
해결책을 찾다

고객의 목소리를 듣는 방법은 다양하다. 상담을 통해 고민하는 바를 함께 논의하는 과정에서 듣는 경우도 있고, 불만 사항을 직접 접수하기도 한다. 누니 주얼리를 막 시작한 초창기엔 컴플레인을 받는 일이 꽤 있었다. 그중 대부분은 사이즈에 관한 것이었다.

누니에서 웨딩 밴드를 맞추는 과정은 앞서 설명한 대로 여러 단계를 거친다. 디자인을 고르고, 피부색에 맞는 골드의 컬러를 선택하고, 각자의 손 모양에 어울리는 반지의 폭과 두께를 정하는 것은 물론이고 착용감에 따른 핏까지 두루 고려하여 점검한다.

가장 기본이 돼야 할 반지 사이즈에 문제가 생기는 건 참으로 난감했다. 여러 호수의 반지를 껴보면서 사이즈를 재고, 주문서에 이를 기입한 뒤 재확인하는 과정까지 거쳐도 그랬다. 사이즈가 너무 크다거나, 너무 작다는 연락이 심심치 않게 들어왔다.

이런 컴플레인이 들어오면 억울하기도 했다. 고객이 동의한 사이즈에 맞추어 정확하게 만들었는데도 나중에 맞지 않는다고 하니 답답한 심정이었다. 밴드의 뒷면까지 디테일이 들어간 디자인이 대부분이라 반지를 완성한 뒤에 줄이거나 늘리는 작업이 불가하여 새로 제작할 수밖에 없었다.

위험 부담을 줄이기 위해 사이즈 조정이 쉽게 디테일을 반만 넣으라는 조언도 들었지만 나는 그렇게 할 수 없었다. 억울하다며 하소연한다고 해결되는 건 아무것도 없었다. 일단 원인을 알아야 했다.

누니 주얼리가 커스텀에 나선 것은 세상 모든 사람의 손이 제각각이기 때문이다. 주얼리 디자이너로 수많은 손을 접하며 새삼스레 깨달은 건 같은 사람의 손이라도 시시때때로 변한다는 사실이었다.

잠에서 깰 때, 일과 중일 때, 잠자리에 들 때 모두 다르다. 주얼리 숍을 방문해 밴드의 사이즈를 재는 순간에도 미묘하게 다르다. 상담을 하며 어울리는 디자인을 찾거나 혹은 맞는 사이즈를 고른다는 이유로 숱하게 반지를 끼고 빼는 일을 반복하면서 평소보다 손이 더 붓는 일도 생긴다.

단적인 차이는 먼 거리를 이동한 경우에 나타났다. 기차나 비행기로 장거리 이동을 한 뒤에 방문한 고객은 손에 부기가 남아 있는 채로 사이즈를 재는 경우가 잦다. 이런 상태로 커스텀에 나서면 십중팔구 반지가 클 수밖에 없었다.

원인은 알았으니 해결책을 찾아야 했다. 무엇보다 사이즈를 정확히 측정하는 일이 과제였다. 그 해답은 반지 호수를 가늠하는 링 게이지Ring Gauge에서 찾았다. 디자인 상담을 하고 나서 고객에게 사이즈가 조금씩 다른 링 게이지 한 묶음을 건넸다.

고객은 일상생활을 하며 3일간 아침과 점심, 저녁마다 링 게이지를 껴보고 손가락 사이즈가 달라지는 것을 스스로 확인한다. 가장 많이 부었을 때와 그렇지 않을 때, 그리고 평균 수치를 셈해 가장 편안한 사이즈를 확인해 누니 주얼리에 알려준다. 차이를 알면 고객은 그에 알맞은 선택을 할 수 있다. 오프라인은 물론이고 온라인에서도 사이즈 측정을 위한 링 게이지를 제공했다.

이 방법은 정확도가 꽤 높았다. 지금은 사이즈로 인한 컴플레인이 거의 없어졌다고 봐도 무방하다. 해결책으로 링 게이지를 떠올린 건 섬광처럼 일어난 게 아니다. 해결책은 애써서 찾아야

사이즈로 인한 컴플레인을 해결해준 링 게이지.

지 저절로 나타나지 않는다. 링 게이지를 버젓이 눈앞에 두고도 시간을 들여 사례 연구를 한 셈이었다. 모름지기 책임 소재를 따질 게 아니라 해결 방안을 모색해야 한다.

회사 직원은 내가 링 게이지로 사이즈 고민을 덜어내자 "지금껏 대표님이 한 일 중 가장 잘한 일"이라고 놀리기도 했다.

오네Orné

새로운 브랜드를
그리다

새로 탐색 중인 분야가 있다. 그것은 바로 신소재 분야다. 랩 그
로운 다이아몬드Lab-grown Diamond라는 소재는 몇 해 전부터 내
관심을 끌었다. 이름에서 짐작할 수 있듯이 랩 그로운 다이아몬
드는 광산에서 채굴한 천연 다이아몬드가 아니다. 말 그대로 실
험실에서 만든 합성 다이아몬드다.

랩 그로운 다이아몬드.

실험실에서 자연과 같은 압력과 열을 가해 생성한 랩 그로운 다이아몬드는 자연 채취가 아닐 뿐, 천연 다이아몬드와 물리적으로도 화학적으로도 성분이 동일하다. 천연 다이아몬드처럼 GIA 감정서를 발급해 등급을 매기기도 한다.

다만 사람이 만든 다이아몬드와 천연 다이아몬드의 차이를 명확히 하기 위해 감정서에 따로 '랩 그로운 다이아몬드'라고 명시하고 있다.

랩 그로운 다이아몬드에 관심을 가지는 이유가 몇 가지 있다. 첫째 이유는 천연 다이아몬드에 비해 2~3배 저렴한 가격 때문이다. 랩 그로운 다이아몬드는 워낙 비싼 가격 탓에 웨딩 링으로도 쉽게 선택할 수 없는 1캐럿 다이아몬드의 아름다움을 좀 더 부담 없는 가격으로 접할 수 있게 해준다.

둘째 이유는 천연에 비해 컷이 다양하고 팬시 컬러로도 활용하기 쉬워 더 자유분방한 디자인도 가능하게 해주기 때문이다.

셋째 이유는 친환경적이기 때문이다. 세계 최대 주얼리 브랜드 중 하나인 덴마크의 판도라PANDORA는 2022년부터 다이아몬드 채굴을 중단하고 랩 그로운 다이아몬드만을 사용하겠다고 선언했다.

판도라의 이 같은 선언은 브랜드의 핵심 소비층인 젊은 층의 성향을 반영해서다. MZ 세대는 '윤리적인 소비'를 중요시하기 때문이다. 판도라는 랩 그로운 다이아몬드의 시장 경쟁력이 앞으로 더욱 높아질 것으로 전망한다.

랩 그로운 다이아몬드는 사실 가격이 가장 큰 강점이다. 웨딩 밴드로 인연을 맺은 고객 중에는 더 마음 편히 착용할 수 있는 주얼리를 판매해 달라는 이들이 많았다. 매일 착용하는 심플한 디자인의 웨딩 밴드를 찾던 사람도 좀 더 색다른 반지를 추가로 구매하고 싶어 한다.

결혼기념일과 생일 등에 큰 부담 없이 선물할 만한 가격대의 상품을 찾는 이가 늘어났고, 혼주에게 선물할 반지를 원하는 고객도 적지 않았다. 현재 누니 주얼리의 '다이아몬드 앤드 골드' 조합으로는 이런 수요에 맞는 가격대의 상품을 만들기 어려웠다.

그래서 다이아몬드의 대체재로 화이트 원석인 화이트 사파이어와 화이트 토파즈, 수정 쿼츠 등이 후보로 고려됐지만 이

들 모두 반짝임이 턱없이 부족했고 품고 있는 빛도 답답한 감이 있어 일찌감치 제외했다. 다이아몬드에 가까운 모이사나이트Moissanite 역시 눈에 차지 않았다. 이때 천연 다이아몬드와 성분은 동일하면서도 가격은 두세 배쯤 저렴한 랩 그로운 다이아몬드가 나타났다.

패션 주얼리에 대한 요구는 고객에게서 비롯되긴 했지만 디자이너로서 내 바람이기도 했다. 웨딩 주얼리가 주는 절제의 미학에 주력하면서도 좀 더 자유롭고 화려하게 구상하고 싶은 충동을 종종 느껴왔다. 가격 부담이 덜한 랩 그로운 다이아몬드는 화사하고 미려한 디자인을 마음껏 펴보기에 좋은 대안이 될 것이라 생각한다.

랩 그로운 다이아몬드에도 한계는 있다. 다름 아닌 가격이 장점이자 단점으로 작용한다. 천연이 아니기에 재화로서 어떤 가치를 가질지는 미지수다. 천연 다이아몬드와 육안으로 구분하기 어렵고 가격이 저렴하다 보니 작은 다이아몬드의 경우에는 천연으로 속여 파는 일도 최근 심심찮게 일어난다. 그런 탓에 랩 그로운 다이아몬드를 '가짜' 다이아몬드로 치부하는 일도 있다.

랩 그로운 다이아몬드를 주소재로 하는 패션 주얼리 브랜드 '오네Orné'를 론칭해 새로운 꿈을 실현하려고 한다. 다이아몬드의 독보적인 오라를 더 많은 이와 나누고 싶다. 천연 다이아몬드의 순수성을 중요시하는 웨딩 주얼리와는 별개로 새로운 라인을 구성하고 싶다.

당연히 디자인의 숨결은 누니가 쌓아온 고유의 가락을 그대로 유지할 것이다. 과감성이 돋보이는 디자인으로 랩 그로운 다이아몬드의 지평을 새롭게 개척하고 싶다.

다이아몬드는 '영원'을 상징하지만, 고형화된 형태로 존속한다는 뜻은 아닐 것이다. 세월과 관습에 따라 외형을 달리해도 빛깔과 맵시는 변함없이 이어지는 것, 그것이 다이아몬드가 품은 영원성의 매력이지 않을까.

5장

모두가 자기답게 반짝이는

플래그십 스토어,
꿈의 공간을
현실로 불러오다

나는 여태껏 선택의 순간마다 최악의 경우를 상정하고 웬만하면 '하는' 쪽에 섰다. 돌이켜보면 '일단 해보기'로 한 것이 또 다른 기회를 잡는 계기가 됐다. 이런 선택으로 후과를 치르기도 했다. 그 사례가 바로 스튜디오였다.

삼청동에 누니 주얼리 간판을 처음으로 내건 뒤로 지금까지 나는 그때그때 필요한 면적만큼 공간을 꾸려왔다. 그러다 보니 새 공간으로 옮긴 지 얼마 지나지 않아 다른 공간을 찾는 일을 반복해야 했다. 삼청동에서 한남동으로 매장을 옮기며 충분하다고 생각한 자리마저 이내 공간이 부족하여 쇼룸 근처에 아틀리에를 하나 더 마련해야 했다. 더현대 서울을 포함해 백화점 부티크 매장도 세 곳으로 늘었다.

한남동의 쇼룸과 아틀리에를 합쳐서 새로운 플래그십 스토어 Flagship Store를 세우기로 결심했다. 브랜드를 시작한 지 10년 만에 고객 응대 공간과 내부 공방, 사무 영역 등을 하나로 통합하는 설계에 나선 셈이다. 커스텀이나 AS 문의에도 훨씬 발 빠르게 대처할 수 있고, 디자이너, 장인이 편하게 소통할 수 있으니 제작 과정도 수월해질 것이다.

디자인을 맡은 종킴 스튜디오는 더현대 서울의 누니 주얼리 매장을 꾸미고, KUHO(구호), COLOMBO(콜롬보), 신세계 등의 공간을 만든 실력이 검증된 곳이다. 종킴 디자인 스튜디오의 김종완 대표는 프랑스에 머물 당시 반클리프 아펠의 파리, 뉴욕, 마이애미, 긴자 등 대표적인 플래그십 스토어를 디렉팅한 경험이 있다. 주얼리에 대한 식견이 높은 그와 의견을 활발히 나누며 공간을 설계했다.

공방을 설계할 때도 심혈을 기울였다. 공방은 제품을 생산하는 곳이면서 아이디어를 다듬는 곳이기 때문이다. 조형 양식을 다양하게 시도하면서 새기다가 뭉개고 또다시 새기는 과정을 거듭하며 누니 주얼리의 디자인을 '가능성'에서 '현실'로 탈바꿈시키고 있다.

내가 그리는 플래그십 스토어는 따스한 격조가 흐르는 공간이다. 누니의 공간은 다른 곳과 차별화되고, 두터운 신뢰를 주고, 편의성이 뛰어나야 한다. 누니 브랜드의 제품을 다양하게 만날 수 있고, 새로운 커스텀도 쉽게 시도해볼 수 있는 곳, 이곳에서 나온 상품은 제대로 만든 '명품'이라는 확신을 줄 수 있는 곳이어야 한다.

누니 주얼리의 컬렉션 역시 그러한 성질이 있기 때문이다. 오랫동안 주얼리 세계에 몸담고서 직접 상품을 만들고 고심해온 장인들이 자신의 기술을 마치 지문처럼 새겨 넣은 컬렉션, 그리고 긴 세월 함께해도 변하지 않는 자연스러움을 품은 주얼리. 그런 주얼리와 공간은 하나로 짝을 이루어 잘 어우러져야 한다.

무엇보다 열린 공간이 됐으면 한다. 오가는 길에 사소한 호기심에 이끌려 문을 열고 들어오는 길손을 맞아도 전혀 어색하지 않고 반가운 분위기가 풍기는 공간 말이다.

주얼리에 품은 풋정이 다소곳하던 20대 시절, 나는 쇼룸과 공방을 공유한 이탈리아 파우스토의 공간이 풍기는 낯선 매력에 이끌렸다. 이곳 플래그십 스토어에서도 쇼룸과 공방을 함께 운영해보려고 한다. 공방의 장인이 느긋이 창의를 발휘하며 작업

할 수 있게 아늑하고 편리한 공간을 조성하여 최적의 뒷바라지를 하고 싶다.

좋아하는 마음 하나로 키워왔던 꿈이 현실이 되는 순간이 눈앞에 펼쳐지고 있다. 나는 누니 주얼리를 통해 비로소 나답게 반짝이는 법을 배웠다. 꿈이 실현되는 누니 주얼리에서 모두가 자기답게 반짝이는 순간을 맞이하기를 기원드린다.

꿈이 실현되는 곳. 누니 주얼리 플래그십 스토어.

©Studio Sim

에필로그

좋아하는 일이
잘하는 일이
될 때까지

어렵지 않은 순간은 지금껏 없었다. 매 순간이 도전의 연속인데 행여나 내 글이 성공 스토리처럼 비칠까 봐 괜스레 걱정이 앞선다. 내가 좋아하는 일은 무언가를 만드는 것이다. 좋아하는 일은 완벽히 준비된 순간을 기다리지 않는다. 어려운 순간에도 그저 할 뿐이다.

마냥 하고 하염없이 하고 계속해서 한다. 이것이 좋아하는 일을 하는 자세다. 만들고 또 만들면 좋아하는 일이 마침내 잘하는 일이 된다. 자그맣지만 제 능력을 믿고, 눈앞에 놓인 것에 온통 집중하면서, 힘껏 해내고야 마는 일들이 주는 기쁨이 이 책에 잘 담겼기를 바란다.

누구나 그렇듯 흥미가 없으면 머뭇거리기 마련이다. 재미가 나야 신나고, 잘해야 재미도 커진다. 이 흥미를 어린 나이에 확실히 알았다는 것이 나에게는 행운이었다. 좋아서 하는 일이다 보니 실수하거나 후회가 들어도 계속 버틸 수 있었고, 힘든 가운데서도 보람을 느꼈다.

다음 목표나 계획이 무엇이냐는 질문을 종종 받는다. 내 대답은 한결같다. '늘 하던 일을 잘하는 것'이라고. 지금 내가 하는 일이 바로 내가 그토록 꿈꾸던 것이 아닌가. 나는 여전히 꿈을 꾸면서 일한다. 예전처럼 실수도 하고 후회도 할지 모른다. 그래도, 계속 해낼 것이다. 그래야, 계속 꿈을 꿀 수 있으니까.

'하이 주얼리' '파인 주얼리'라고 부르는 럭셔리 주얼리는 희소성과 크기와 가격이 가치를 측정하는 잣대가 된다. 럭셔리의 기본은 '귀하다'는 데 있다. 내가 디자인하는 웨딩 주얼리는 '이야기'를 가장 귀하게 여긴다.

마음은 물질로 환원될 수 없으나 물질은 마음을 대변할 수 있다. 그렇게 되는 비결이 무엇일까? 물질에 이야기를 불어넣어 마음을 움직이는 것이다.

이야기를 뜻하는 '내러티브'의 라틴어 어원은 '나라레Narrare'다. '나라레'는 '연결한다'는 뜻이다. 윗대와 아랫대가 이어지고,

너와 내가 닿으면 이야기꽃이 핀다. 내가 디자인하는 궁극의 럭셔리가 이 이야기에 있다. 내가 추구하는 가치가 그것이다.